漫娱图书
SINCE BOOKS

古　人　很　潮　嘻　哈　书　系

古人嘻哈

有态度、有料的历史趣味故事

一本书揭开历史大咖们的真面目

HISTORY

历史大咖秀

古人很潮　编著

长江出版社
漫娱图书

C O N T E N T S

第一卷 正派？反派？平庸之人

古人嘻哈系列

药药切克闹
唐诗宋词来一套!

Hip hop

01.《宋朝好声音》

《宋朝好声音》上市以来，《雨霖铃》重登流行音乐排行榜榜首

“双十一”李清照又写新词撒狗粮

苏轼代言，黄州猪肉价格涨了三倍

记住了，宋词是用来唱的！

来自大宋流行乐坛的最强音。

一本书带你了解宋词所有的趣人、趣事、趣闻。

告诉你 90% 的人都不知道的唐诗那些事儿

李白 / 杜甫 / 王维 / 白居易 / 李商隐 / 杜牧 / 韩愈

完全收录唐朝天才诗人之间的 battle 战！

02.《唐朝有嘻哈》

古人情报局
系列

《古代冷知识》

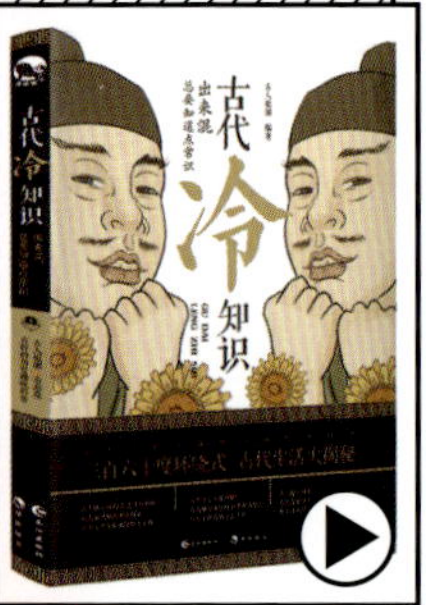

定　　价 35.00 元

关 键 词 冷门历史知识

评级理由 不懂就多看点书，不要玩游戏了

档案介绍

古代人民真会玩系列，让百度和谷歌都无解的冷知识。一本书让你彻底了解隐藏在历史背后的冷门八卦常识。

《舌尖上的古代中国》

定　　价 35.00 元

关 键 词 美食

评级理由 你从未见过的美食的诱惑

档案介绍

寻访古代美食，从宫廷盛宴到市井美味，一本吃了不胖的古代美食攻略。

《武林是什么：你必备的江湖生存手册》

定　　价 35.00 元

关 键 词 江湖 / 武林

评级理由 这才是热血江湖应有的样子！

档案介绍

要在江湖混，最好有学问。携带此书保平安！强势围观真实的武侠世界。

《古代非常职业档案》

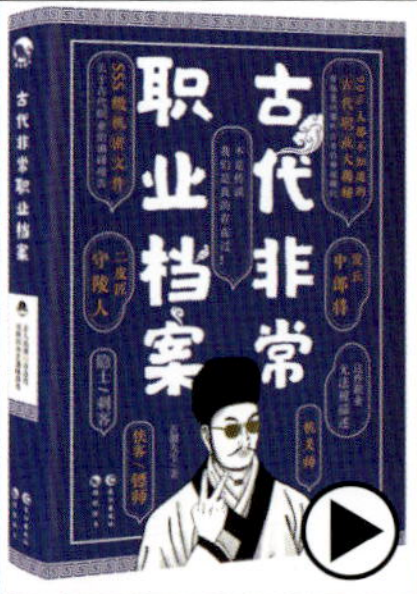

定　　价 35.00 元

关 键 词 古代奇人奇事

评级理由 嘘——它们来了

档案介绍

90% 人都不知道的古代职业大揭秘，别在晚上看，小心惊吓。

“古人很潮”
COMIC
漫画系列

《趣味人类简史》

定　　价 35.00 元

化妆品 / 美食 / 秋裤 / 厕所 / 病毒发展史

无压力读懂人类发展史，就看这一本！

《趣味历史冷知识》

定　　价 35.00 元

古人如何离婚 / 美容 / 三妻四妾

一本书扫盲历史冷知识。

目录

第二卷 学渣？学霸？落榜之后该怎么办

C O N T E N T S

第三卷 人设『崩塌』，大佬不为人知的另一面

目录

第一卷

正派？反派？平庸之人？

Zhengpai Fanpai

蒙面大咖 NO. 1

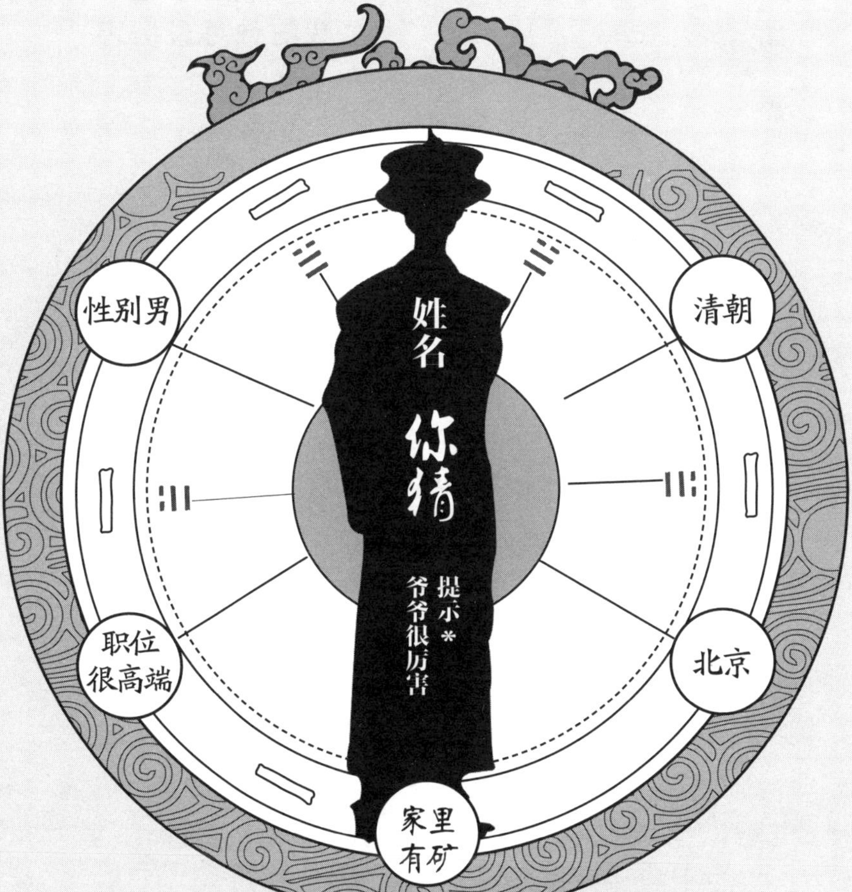

有点节俭过头的大人物

第一章

我的弹弓最厉害

文 / 晚照

老皇帝还是小皇子的时候，特别好动活泼，且对武功情有独钟。他爷爷还在的时候，经常跟着爷爷练习骑射。十岁那年他跟随爷爷去猎鹿，凭着小小的身躯，硬是把大自己几倍的鹿给射杀了，那武功技术，把爷爷都惊着了。毕竟爷爷也在小时候跟着他的爷爷去打猎过，当时他只有十二岁，现在自己的孙子十岁就这么厉害了，嗯，很棒，有我当年的风姿，赏！并且悄悄地和儿子说，我这个孙子不错，你要重点培养哦。小皇子他爹暗暗记住了他。

时间一晃，这么多年，小皇子带着“祖父光环”慢慢长大，身份高贵，行为也从不出差错，文化武功也好，他爹也越来越对自己这个儿子上心，但爹看儿子，总觉得差了点什么。

巧了，这一年也正好发生了些什么。从很久以前开始，小皇子的这个朝代，总有些地下组织想要复辟前朝，时不时整出点事儿来，这次竟然来了个大的——有一群小贼在小皇子他爹出宫避暑的时候，竟妄想在一个夜黑风高的晚上攻占下整个皇宫。

皇宫岂是你想攻就能攻的？虽说这群小贼们买通了几个小太监，得以摸进皇宫大门，然而早在他们有所行动的时候，事情就暴露了。正在用心念书的小皇子得知这一消息，立马带着几个兄弟冲了出去。虽然小贼人有点傻，但是干起活来可是不要命的。几个小贼正匍匐在城墙上虎视眈眈。

小皇子没有一点㞞的，他可是从小跟着爷爷学了武功的。虽然已是深夜，也不影响小皇子的精准射击，当下拿起鸟枪瞄准射了出去，一射一个准，到后来子弹没了，就掰下了自己的黄金钮扣来当炮弹。小贼们瞬间被干得一个个趴倒在地。等到援兵来的时候，小贼们已经差不多全团被灭了。

远在山庄度假的老爹听闻了这件事，大大地夸奖了小皇子，小皇子还因此得了一个封号叫“威烈”，还当上了亲王。从此，在“祖父光环”加成的情况下，小皇子又多了一个“老爹光环”，很棒。

等到小皇子成为皇帝的时候已经是个中年大叔了，虽说武功厉害，文化也不差，但小皇子依旧没有改掉一个习惯——勤俭节约。

节约虽然是好事儿，但太过于抠门就不好了。按道理说，在小皇子爷爷那个时候，整个国家还是一副繁荣兴盛的太平盛世，小时候就经常跟着爷爷遛弯儿的小皇子怎么就养成了这么一个习惯呢？这得怪他爹。

在小皇子还小，跟着老爹去缅怀前人的时候，看着前人曾经用过的物件，小皇子当即泪流满面，自己暗暗地下决心，以后自己也要向他们学习，勤俭节约。回到皇宫，就把自己的房间给搬空了，只留下个桌子椅子……从此在这条路上，小皇子就一去不复返了。

等到成为老皇帝，他做的第一件事就是颁布了一个红头文件《御制声色货利谕》，加强对自己以及手下的关于勤俭办公的意见——

要吃得清淡，不要吃肉，衣服破了缝缝补补再穿，媳妇儿们不要随便挥霍化妆品，不要穿金戴金……对了，西瓜太贵，渴了多喝水。

官员们：皇上做得对！为你应援！

从此朝堂与后宫的写照就是：穿着补丁来上班的手下以及在后宫勤勤恳恳练习针线缝补的妃子们……嗯，很祥和，很励志。

有一次皇后过生日，老皇帝为了让媳妇儿开心，同时也谢谢媳妇儿的支持与帮助，下大手笔请了满朝的皇亲贵胄文武官员前来，终于能明目张胆地开荤了，大家坐在底下左等右等，饿到头脑发晕，终于，菜来了——一人一碗面条。全场寂静了。

老皇帝终于发现可能有点影响不好了，心一狠，要御膳房当场杀了两头猪，官员们外加皇后感动得泪流满面。但这之后，老皇帝下令：除了自个儿生日与皇后生日，以及大年三十儿，其余节日酒宴，能免就免。

但这些抠门省出来的钱，老皇帝也没有随便乱花，毕竟老皇帝是想做个好皇帝的，赈灾、祈福、减税……哪里不好填哪里，百姓们的生活其实过得还不错。

百姓生活想要过得好，国家要努力前进，光靠老皇帝省吃俭用还是不够的。老皇帝爷爷那个时候惩治过一群人，那些人的孙子长到了和老皇帝一样大的时候又蠢蠢欲动了，伙同着外敌，从西北边疆一路打过来。老皇帝当然不服了，派了武力值最高的大臣们火速前往前线，经过快一年了的战争，终于把这群逆贼斩获，一路上，老百姓们都对他们十分感激。

这场战役后来被称为“平定张格尔叛乱”。

除此之外，老皇帝也在各种方面努力尽自己的一份力去构建一个更好的环境给自己、给百姓。

尽管如此，末日的余晖还是在老皇帝这代消失殆尽，黑暗一步步踏入了这个朝代。

公元 1835 年，虎门销烟。

公元 1840 年，鸦片战争爆发。

公元 1842 年，《南京条约》签订。

从此，这个朝代与这个国家进入了一段漫长的黑暗与挣扎中。

而老皇帝，在这黑暗来临之前，对这个国家所做的一切，到底又该如何评述？

可能在他很小的时候，跟着爷爷，就已经在繁荣的泡沫中迷了眼，那种“天朝上国”的观念一直深埋其中，他相信自己的国家是强盛的，相信只要像爷爷一样闭关锁国，就能延续这种盛况，他那么狠心地对自己，努力做好一个皇帝应该做的，却始终不敌时代的推进，最终被淹没于洪流之中。

是对还是错，是好还是坏，永远定格于此。或许此生最开心的时候，是年幼的时候在猎场上奔跑，是手握着鸟枪（弹弓）在城墙下对敌的那刻……

←

爱新觉罗·旻宁 VIP 3

生于：公元 1782 年 9 月 16 日

代表作：并没有什么代表作

主页 **文章**

影响力 查看》

状　态 **朕觉得，裤子破了就该打打补丁，买新裤子不要钱啊。** 昨天 10:00 更多》

10 关　注

3659 粉　丝

998 微　博

@爱新觉罗·弘历：不知道为什么，朕这个孙子如此勤俭节约 @爱新觉罗·颙琰。

@爱新觉罗·颙琰 回复 @爱新觉罗·旻宁：儿臣，儿臣，也不知道……

@爱新觉罗·弘历 @爱新觉罗·颙琰 回复 @爱新觉罗·旻宁：统一回复下，那个，钱省下来，总有用处的。

@某小太监：皇上今天又穿了一件缝了八个洞的衣服。

@爱新觉罗·旻宁：……

昨天 19:21

蒙面大咖 NO. 2

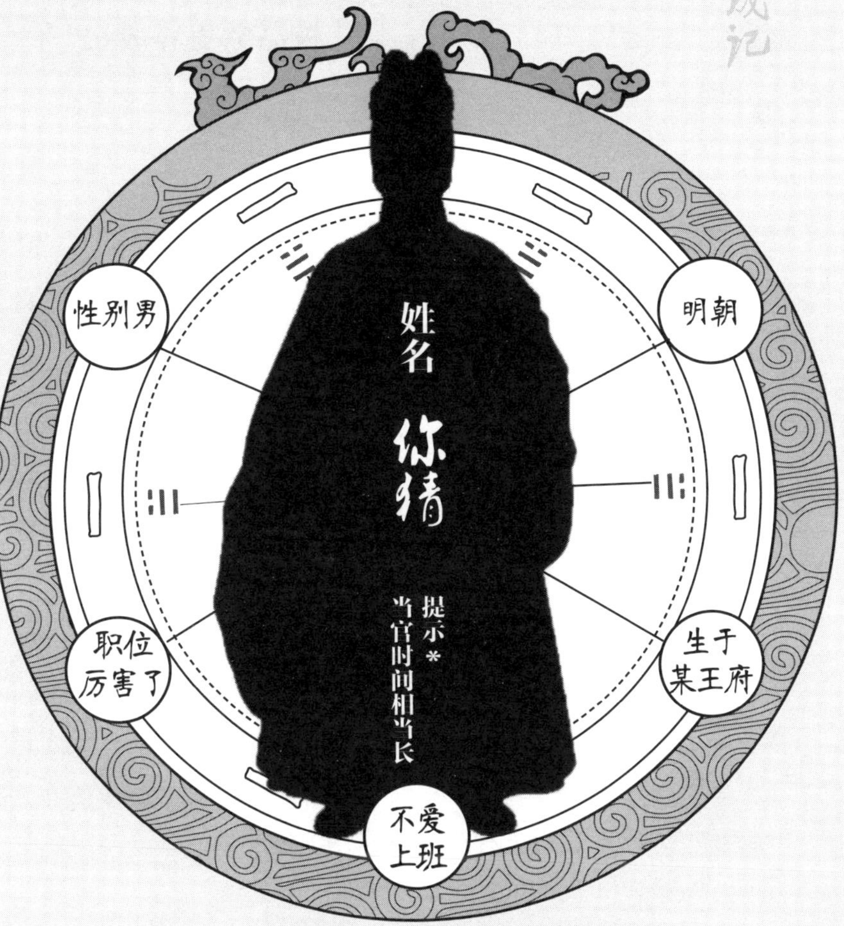

众说纷纭的神秘人物

第二章

极品宅男养成记

◎ 文 / 琴城野老

极品宅男在成为极品宅男之前，其实是个很积极、很勤勉的小孩。

他的父母对他期望很高，在他很小的时候，就请了许多学问超一流的老师来教导他。他的妈妈对他要求非常严格，每天早上五更天就亲自来叫他起床早读，学习稍有放松，就罚他长跪。

在众人齐心协力的填鸭式教育之下，宅男的学业进步神速，当他还是个五岁小孩子的时候，就能流利地读书了。

当然，这都是靠没日没夜的苦读才能换来的成果，别人家孩子在睡梦中的时候，宅男在读书；别人家孩子在玩耍的时候，宅男在读书；别人家孩子在放假的时候，宅男还在读书。

童年？不存在的……

说起来，这也是没办法的事，别人家孩子虽然也要背负家长望子成龙的梦想，但和宅男所背负的家族使命有着本质上的不同。

这是因为，宅男本来就是“龙”的传人。

没错，宅男出生于帝王之家，六岁被立为皇太子，十岁就登基当了皇帝。

少年天子可不是那么好当的。宅男的老爸也就是前任皇帝身子骨弱，三十六岁就病逝了，在位的时间也只有短短六年，还没来得及把当时内忧外患的国事好好收拾利索，就把偌大一个天下交给了年仅十岁的宅男小皇帝。

于是，宅男小皇帝成了真·压力山大·帝。为了能当好这个皇帝，他只有变本加厉地用功苦读，每天早上天刚亮就起床，听讲官讲解经书。中场休息一小会，再学史书。听完课还要看奏折，提出自己的批阅意见。每个月只有三、六、九这几天才能喘口气休息一下，其他时候都要雷打不动地学习。

还好老皇帝也不算太严苛，他给宅男小皇帝留下了三个内阁辅臣，让他们好好辅佐他治理天下。

本来嘛，空降三个外援是件挺好的事，但不幸的是，这三个外援之间并不和谐，每个人都有自己的小心眼，想要独揽大权，成为小皇帝最倚重的人。这种塑料辅臣情自然很快就露出了裂痕，三个人明争暗斗的较劲，谁也不服气谁。

而在后宫中，还有个水很深的岗位，那就是历史悠久、深不可测的太监群体。

宅男小皇帝身边有个很有权势的大太监，他知书识礼，协助皇太后负责小皇帝的教育，有时还要代皇帝朱批。小皇帝称他为“大伴”，和他关系很亲密，甚至还有点害怕他。

大伴也很有自己的想法，他和三大辅臣中为首的那位结过怨，两人注定要死磕到底。于是，大伴找了另一位辅臣结成了盟友，内外一联手，很快揪住了老仇人的一个错处，把他排挤出了朝廷。旁观的那位辅臣本来是打酱油的，看到同僚的下场以后心态崩了，寝食难安，没出一个月吐血死了。

这样一来，三大辅臣去了俩，剩下的那位大臣理所当然就成了内阁唯一的首辅大臣，他和宫里的大伴成了宅男小皇帝唯二的依靠。他们一个在朝堂，一个在后宫，加上宅男小皇帝威严的皇太后妈妈，组成了一个牢不可破的铁三角，稳稳地帮着宅男小皇帝撑起了这片江山。

然而，宅男小皇帝并不快乐。

因为他还是压力大，每天课业很繁重，而且，铁三角对他的教导是很严格的，他的一言一行都要受到近乎苛刻的约束。

就拿首辅大臣来说吧，宅男小皇帝知道他的重要性，对他的态度非常谦卑，在他面前从来不摆皇帝架子，而是以先生相称。首辅大臣呢，也不跟小皇帝客气，他采用了一种暴风雨般的教育方式来关爱着小皇帝的成长。

有一回，宅男小皇帝读《论语》，读错了一个字，把“色勃如也”的“勃”字读成了“背”，首辅大臣突然厉声呵斥说：“当作勃字！”

那声线，那语调，那气场，总结一下就两个字：超凶！

不仅宅男小皇帝被吓着了，在场的其他大臣也都被吓着了。这毕竟是皇帝诶，就算你是首辅大臣，也不能跟训自己家孙子似的吧……

但宅男小皇帝心里明白，自己年纪还太小，首辅大臣大权在握，治理天下的重任还要仰仗他。何况，首辅大臣严厉地要求自己，也是为了自己能早日亲政，做个名副其实的好皇帝。

所以宅男小皇帝还是非常敬重首辅大臣，他用一个十几岁的孩子能想到的所有方式，可劲儿地对首辅大臣施以礼遇。冬天怕他冻着，命人给他脚下垫毛毡；夏天怕他热着，命人给他打扇子。有一回首辅大臣讲读的时候肚子痛，宅男小皇帝知道了，马上让御膳房做了碗面，他自己亲手调了椒汤香料，拌得香喷喷的送给老师。

你饿不饿，我煮碗面给你吃啊？

从那时候就能看出来宅的苗头了有没有？

回到后宫，他的另外两个监护人——皇太后和大伴，跟首辅大臣的风格保持得很一致。想放飞一下自我？对不起，你是皇帝，一天十二个时辰都得有个皇帝的样子。

宅男小皇帝对皇太后和大伴也有一种习惯性的敬畏之心，如果他玩得很高兴的时候看见大伴，就会立刻打住，正襟危坐地问好。

大伴管束宅男小皇帝的方法其实很简单：不听话？我就告诉你妈妈。

宅男小皇帝曾经有一次和两个小太监喝酒，一不小心喝高了，带头耍起酒疯来，非要小太监唱歌助兴，小太监不会唱，他就抽出宝剑，割掉了小太监的头发，闹得宫里一片大乱。第二天这事就被他的大伴汇报给了皇太后，皇太后大发雷霆，直接放话要召集内阁大臣把小皇帝废了，另立他弟弟为帝。

宅男小皇帝当场吓哭，跪在地上忏悔了很久，最后首辅大臣替他起草了一份《罪己诏》，也就是检讨书，昭告群臣，这场轰动一时的“酗酒门”事件才算摆平。

然而，这件事给宅男小皇帝造成了深刻的心理阴影，他正处于年少气盛的青春期，感到自尊心受到了深深的伤害，也为他长大后性格的巨变埋下了种子。

不管怎么说，在宅男小皇帝继位的前十年，靠着首辅大臣全力推行的新政，以及内廷中皇太后和大伴积极的配合，整个王朝出现了焕然一新的变化。官员更有效率了，朝廷更有钱了，税制更科学了，前几任皇帝留下的烂摊子得到了很大的改善。

然而，随着年龄的增长，宅男产生了自己的想法，他不再满足于让铁三角把持朝政，而是想要自己掌握这个天下，当个名副其实的一国之君。

而童年和少年时期被极度压抑着的情绪，慢慢都变成了叛逆、偏激和权力欲。

在他登基的第十个年头，首辅大臣病逝了。宅男皇帝开始了真正意义上的亲政。

二十岁的宅男皇帝意气风发，励精图治，把权柄牢牢抓在自己的手中，甚至有些独断专行。

做太子听别人的，做皇帝的前十年也要听别人的，也该是时候自己一个人说了算了。

而那些挥之不去的童年阴影，他也并没有忘记。

宅男皇帝用行动向天下人证明了一个真理：做皇帝，总是要亲政的。出来混，总是要还的。

皇帝的身边总是不缺少有眼力价的人，很快就有言官上书弹劾内廷大伴的十二大罪状，宅男皇帝顺理成章地把他贬出京城，抄了家。有一就有二，虽然首辅大臣已经死了，但皇上有心清算，自然就有人翻旧账。很快又有言官总结了首辅大臣的十四条大罪，宅男皇帝顺手把首辅大臣的家也给抄了，罪由首辅大臣的子女来背。

至此，宅男皇帝终于觉得自己摆脱了被他人插手人生的命运，可以真正地扬眉吐气，我的人生我做主了。

可惜事实证明，宅男皇帝还是太天真。

在宅男皇帝所在的那个王朝，一直就有种奇葩的风气：大臣喜欢和皇帝抬杠。文官集团权势滔天，什么事都想管一管。开始是商讨正常的国家大事，后来发展到连皇帝的言行举止甚至私生活都要发表意见。而且大家都以勇于上谏、名留史册为荣，于是哭谏、死谏、集体辞职成了家常便饭，皇帝和他们斗智斗勇也成了上朝的日常。

宅男皇帝的朝堂上也不缺少非要和他死磕的大臣，宅男喝点酒，大臣要劝谏；宅男要革新，大臣要劝谏；宅男想和宠妃多待会儿，大臣要劝谏……

劝谏就劝谏吧，言辞还一个比一个尖刻，一个比一个难听。这种铺天盖地的语言暴力，让宅男皇帝越来越暴躁，每次看奏疏都笼罩在浓重的低气压中。

更重要的是，他发现自己对于治国的想法在这群大臣面前总是会遭遇巨大的阻力，想推行个什么事，大臣和大臣之间要吵，大臣和自己之间还要吵。在无休无止的争论和攻击中，宅男皇帝曾经的热血渐渐冷却，开始在酒色中寻找安宁。

对付这群不省心的大臣，宅男皇帝也有自己的办法，你们不是爱吵吵吗？你们不是跳得欢吗？既然不好沟通，那我就放弃沟通了，你们自己玩去吧。

于是，他就不上朝了。

这样一来，大臣们和皇帝的沟通就只能靠上奏章来完成，宅男皇帝连面都不照，处理政务只批折子。就连平定边疆叛乱这样的大事，都是靠一道一道谕旨传递政令的。

大臣们当然很不满：明明是得当面争论出个一二三的事儿，现在只能写折子了，这不跟同在一个屋檐下的人还要发短信一样吗？

然而不满也没有什么用，宅男皇帝已经对朝政失去了兴趣，逆反情绪高涨，觉得这样受制于群臣的天子做着没意思，还不如宅在寝宫。

也正是在这条义无反顾的宅的路途上，他找到了自己人生的真爱，也正因为这段真爱，在之后引发了一件旷日持久、动荡整个朝野的大事。

对宅男皇帝来说，那是一个很特别的妃子。她不像别的宫妃那样毕恭毕敬，了无意趣，而是敢于无所顾忌地和宅男皇帝开玩笑，倾听他的苦闷，开解他的心结。宅男皇帝觉得她不仅是自己的妃子，也是自己的知音。他封她为贵妃，对她生下的皇子也百般宠爱，并且想要把这个孩子立为太子。

这个想法，遭到了群臣一面倒的激烈反对。在他们的观念中，宅男皇帝的皇长子才是太子的最佳人选，废长立幼是绝对不能容忍的事，会动摇国之根本。

但宅男皇帝并不喜欢皇长子的生母，连带着也不喜欢皇长子。他想让自己喜欢的女人生的儿子继承皇位。大臣们尖锐的抨击和反对，让本来就厌倦朝政的宅男皇帝被激怒了，他和内阁发生了激烈的争执，无数大臣被廷杖、贬斥，又有无数大臣前仆后继地顶上来继续发声，谁也不肯让步。

这一争，就是十五年。

这场漫长的君臣博弈，史称“国本之争”，让宅男皇帝的整个统治集团十几年来都不得安宁。在皇太后的干预下，宅男皇帝最终还是服了软，立皇长子为太子，他本人也感到无限的身心疲惫，终于彻底放弃了这个令他心灰意懒的朝堂。

从此，宅男皇帝的宅属性也达到了登峰造极的地步。他干脆再也不出宫门，连面子功夫也不做了。

什么祭天祭祖，一概不参加；应酬讲学，一概不出席；上朝不去，大臣不见，奏章不批。以至于入朝时间稍微晚点的官员压根就不知道皇帝长什么样，国家大事都交给重臣们做主。

按说，这么搞事情是肯定会出乱子的，但神奇的是，宅男皇帝的无限期休假并没有引发太大的动荡。一切都在相对有条不紊地进行，该打仗打仗，该做事做事，没有前面几任皇帝搞出来的宦官当权、外戚干政，遗留的党争问题也缓和多了。

这是因为宅男皇帝虽然不理朝政，但关键时刻从来不糊涂，像处理重要人员的任免、民生工程、边疆战事，还是十分铁腕的。

总之，大事放着我来，至于小事，你行你上呗。

这就是明神宗朱翊钧，一个史上最极品的宅男。

他在位期间的年号是“万历”，在长达四十八年的皇帝生涯中，他有将近三十年是用来宅的。曾经的“万历中兴”，一度让大明朝晦暗不明的前路闪现了一丝光亮，却又很快消失不见。后来的“万事不理”，究竟是谁之过，今人已难以评说。也许到了后来，他的目标已经不再是做一个好皇帝，而是活出真正的自己。

朱翊钧 VIP 5

生于：公元 1563 年 9 月 4 日

代表作：万历中兴，了解一下？

主页 **文章**

影响力 查看≫

状　态 **朕今天还是不想上朝，怎么地？** 19:00 更多≫

56 关　注

1998 粉　丝

2046 微　博

@朱翊钧：吃吃喝喝、玩玩乐乐的日子真开心。

@朱翊钧：有时候，总会怀念起先生 @张居正，还在的日子。

@张居正 回复 @朱翊钧：陛下……

@沈一贯 回复 @朱翊钧：陛下，您真的应该出来看看了。

@朱翊钧：……

19:01

蒙面大咖 NO. 3

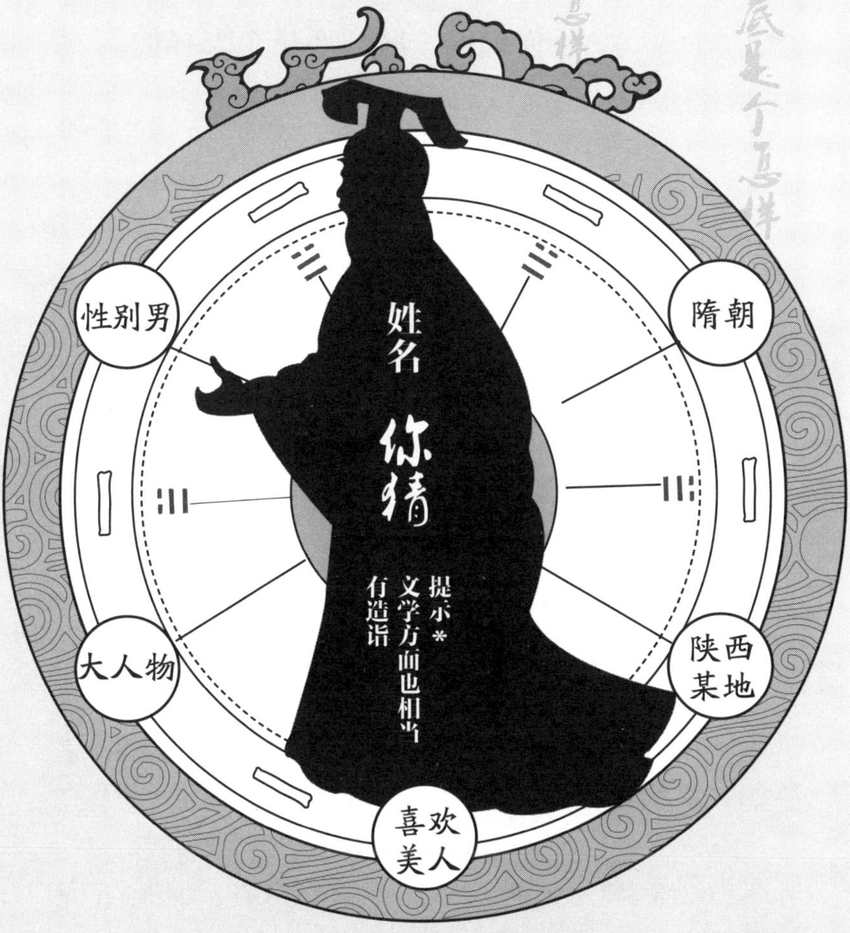

争议很大的人物

第三章

你们说，朕到底是个怎样的人

◎文 / 捌爷

从前，有一个孩子叫阿摐，弘农郡华阴人。他的父亲叫那罗延，母亲叫伽罗，自秦汉开始便是一方贵族门阀。

当时天下分崩离析久矣，豪族各为其主，雄主们逐鹿征战，蕞尔小国朝生暮死，而阿摐便是生在这样一个乱世、这样一个不凡的家族之中。他的前半生，活得就像是一部网络小说的主角。

那时有人对君王说："那罗延相貌非常，人颇狡诈，臣每见之不觉自失，不会久居人下。"

君王只是说："帝王自有天命在，旁人又能奈何？"

主君对他们家恩宠有加，不仅没有听信别人的话加害他们，反而迎了阿摐的长姐给儿子做了太子妃，也许是希望对他们之间亲厚的关系能够持续到下一代，以至于千秋万代。

然而，皇太子即位之后，主君势微，臣子却功高震主，这种微妙的平衡渐渐失去了控制。新皇忌惮他，却更畏惧他，在宫中埋伏刀斧手，说只要他露出一点无礼举动便杀了他，但是他行止端方，泰然自若，新皇无杀机可乘。

欲加之罪何患无辞，那罗延感觉伴君如虎，当新皇某一次明确表示朕要杀你全家后，他决定退避，对新皇说，他愿意去江南，只当一位地方官。然而，新皇确实不是个雄才大略的主，扶不起就是扶不起，之后很快就撂了挑子。而威势熏天的那罗延从自己年仅 8 岁的外孙手里，接过了皇位。

阿摐也就这么忽然地成了帝王之家。

虽说无情最是帝王家，但阿摐他们是半路出家，倒也没那么多富贵毛病。

他们的父亲文化程度据说是不太高，但是对于孩子的教育却很重视。阿摐和他的兄弟们从小知书达理，虽不如三曹那么文风卓越，至少也能做出“寒鸦飞数点，流水绕孤村。斜阳欲落处，一望黯销魂”这样还过得去的绝句。身上鲜卑的血统，让他像一匹矫健的小马，对于冲入这个乱世跃跃欲试。

他的机会很快就来了，年仅二十岁的时候，父亲任他为主帅，攻打江南，这一战只能用四个字来形容——所向披靡。

那时候的人信相士，也信命。所有儿子中，阿摐长得最好，也最聪明，又最为礼让谦卑，最受父母的偏爱似乎也理所应当。他不好享乐，宫中的管弦都积了灰。相士也指着他这个晋王，直说贵不可言。

于是，他赢过了自己的兄弟，可以说是，凭本事当的储君。

而那罗延之死却是一起骇人听闻的悬案。

那时候那罗延病危，阿摐作为太子，于情于理，当然都非常关心父亲的身体状况，派人送了一封信给随侍御前的官员，询问详细情况，那位官员回复了之后，那封信却被送到了那罗延的枕边。病重的那罗延看了之后非常愤怒，认为这是儿子盼着他死。随后，那罗延的宠妃哭着进来，说太子竟然想要非礼她。那罗延大叫，这小畜生不配当储君！

后面的记载，多有分歧，有史书说，太子带着人进入寝宫，那罗延“血溅屏风”，也有史书说，那罗延是被毒死的。

可是，这看起来似乎有点太莫名其妙，阿摐在最少年轻狂的时候，是这样的勤俭节约，恭敬内敛，于是很多人认为他就是装的。可他能装这么多年，至少也该是为人深沉吧。怎么就忽然从一个金光闪闪的主角变成一个撕开伪善面具的阴险之人？

书信送错、非礼父妃，接连两项陷他于不忠不义的小概率事件，未免太巧，目的也太明显，连皇帝是如何死的都不清不楚，反而这些本应天知地知的小细节说法却如此统一。可能……也许……说不定……也并不能排除阿摐同学是被人坑了，有人想要一举变天吧。

不过不管怎么说，纵观历史，能够顺顺当当不出任何岔子就继位的太子，本也不多，比起阿摐这个太子见的风浪也算不得什么，排除了这些小障碍之后，他还是不伤筋不动骨地当上了皇帝。

此时，在年轻皇帝面前的，是一个父亲留下的仓廪殷实的国家，而他又确实是个才华横溢的雄主，他的心中早就有了一张庞大的蓝图。

他要的不仅仅是一个国，而是至今已经分裂了 400 多年的整个华夏帝国的荣光！

他作为太子之时攻下了江南，做了皇帝又西征鲜卑强国吐谷浑，攻下了青海，直接通过丝绸之路将华夏帝国的版图打通到了西域。那时，他也有过西域的万邦来朝。

他征集民夫百万，修建东都洛阳；紧接着又征用民夫百万，开凿大运河。两项如此庞大的工程，动用如此庞大的国力，百官不理解，纷纷劝谏，不过年轻的皇帝不为所动，闭嘴，干你们的活！

燕雀岂知鸿鹄之志，你们不懂朕！

这两项倾国之力的工程，后世是如何评价呢？如今的人们看待它们的感情已经完全不一样了，可以说是对一个早已逝去的帝王最为惋惜又最为钦佩的评价："弊在当代，功在千秋。"

东都洛阳，连接了从未有过的东西幅员如此辽阔的广袤国土；大运河，连接南北的物资流通，直至后世仍在起着非凡的作用。

年轻的帝王登基五年，风调雨顺，国泰民安。国力达到了历史上的鼎盛时期，民户八百九十万户，人口四千多万，即便是那宛如梦幻一般的盛世贞观之治，也不过是此时的三分之一。

国家的繁荣，带来的是文化的丰富，彼时国都藏书三十七万卷，更是由皇帝亲自主持编撰了一万七千多卷书。

如果时间只是停留在这一刻，后世一定不会吝啬将所有溢美之词用于歌颂他吧……

所有的噩梦，都从皇帝决定发兵辽东，进攻高丽开始。

一如既往，他的决定只得到了群臣的劝诫和反对，一生未尝败绩的皇帝愤怒了。

朕从小到大，做的事情都从来没有被你们这些短视的人们支持过，无论是夺嫡、攻江南、征西域、修运河……哪件事情你们不反对？哪件事情朕没做成？！

闭嘴！干你们的活！

这次征讨高丽，动员军队一百万，对外号称二百万，为了支持这个庞大的军队，背后支援的民夫和后勤车骑，还要翻倍，倾国之力，冲向一个本该只是弹丸之地的高丽。

然而，这一场战争的结果十分悲惨，高丽人还是很猛的。三十万直接攻入的军队，回来的不过2700人。这给本就不再充盈的国力雪上加霜，然而更可怕的是，这一败，彻底击碎了年轻帝王骄傲却脆弱的心。

他几乎没有任何迟疑，决定，第二次征伐辽东！军队规模，各种自重粮草，是上次的一倍。举国服役，民穷财尽，人数不足的，即便是妇女也要充当民夫。

朕……还就不信了！

长白山前知世郎，纯着红罗绵背裆。

长槊侵天半，轮刀耀日光。

上山吃獐鹿，下山吃牛羊。

忽闻官军至，提刀向前荡。

譬如辽东死，斩头何所伤。

我是一个长白山上的小强盗，却早已看透了这世道……忽然有官兵冲来了，我提起刀就冲上去！譬如被充军战死在辽东，就算砍了我的头，我又怕什么呢？

这首歌叫作《无向辽东浪死歌》，说白了，一样是死，一样民生凋敝，为什么不死在离家近点的地方呢？

第二次征伐高丽，仍是铩羽而归。

皇帝已经疯了，他决定，三征辽东！他本来就不听劝，谁也拦不住。他不能容忍失败，却不回头看看，他身后的庞大帝国，已经成了什么样子……

等他从辽东回来，已经是这样一个烂摊子，民变四起，盗匪横行，竟然是连想要朝见的西域使者都走不进来。

而这一切，离他器宇轩昂地率领臣民，一举结束400年分裂，坐拥历史上最大版图，最多的人口，最灿烂的文化……也不过只有5年之遥。

其实很多人都遇到过大起大落，可是这位帝王不行，他太骄傲，太完美主义，他希望每一个现实都精确地复制他的理想蓝图。

朕从小就优秀，你让我怎么忍得了……

后面的故事，可以说是一个天才的堕落。

他拿着个破罐子，把它狠狠地摔到地下，已经毁了，就爱咋咋地吧……他耽于享乐，沉溺女色，只有温柔的女子能给予他安慰。有史书记载，他常常在夜间痛哭惊醒，必须有很多宫女柔声安慰，才能重新平静。

他留下最有名的一句话，就是揽镜自照，他这样一个从小英俊贤明，才华横溢，雄才大略的人："这么好的一颗头颅，谁来砍呢？"

他如此聪明，又怎会不知道自己在自掘坟墓，他只想有人来，给他一个终结。

背叛他的是自己的御林军，毫不费力地就冲入寝宫里。皇帝早已穿好衣冠，正坐着等待他们。

他身边的美人哭着骂叛军：“他三天前怕你们受风寒，还特意让宫人缝制了袍服，几千件的衣服他亲自盯了两天就完工了，前天赐给了你们。你们现在怎么能穿着他的恩赏来造反！”

皇帝等这一刻已经很久了吧，他对着向他举起了刀斧的兵士说道：“诸侯之血入地，天下大旱三年。我是天子，即便是死，也不可见血，给我一杯毒酒。”

兵士说：“现在这么兵荒马乱的，哪儿去给你找毒酒。”

皇帝叹了口气，所以说你们不行嘛，这种事情还要朕来给你们想，他解下自己的练巾给兵士。

公元 618 年 4 月 11 日 ，隋炀帝杨广被骁果军校尉令狐行达，缢弑。

←

杨广 ♂ VIP 4

生 于：公 元 569 年

代表作：《饮马长城窟行》

主页 **文章**

影响力 查看》

状 态 **古人言秀色若可餐，如绛仙，真可疗饥矣！** 02:00 更多》

256 关 注

198 粉 丝

2671 微 博

@杨广：今日份的美人在哪里？

@杨坚 回复 @杨广：成何体统！成何体统！

@独孤伽罗：哼，不知道这种儿子是怎么生出来的！

@杨坚 回复 @独孤伽罗：皇后说的是，皇后说的是。

@杨广：儿臣，儿臣就看着你们秀恩爱？

07:06

蒙面大咖 NO. 4

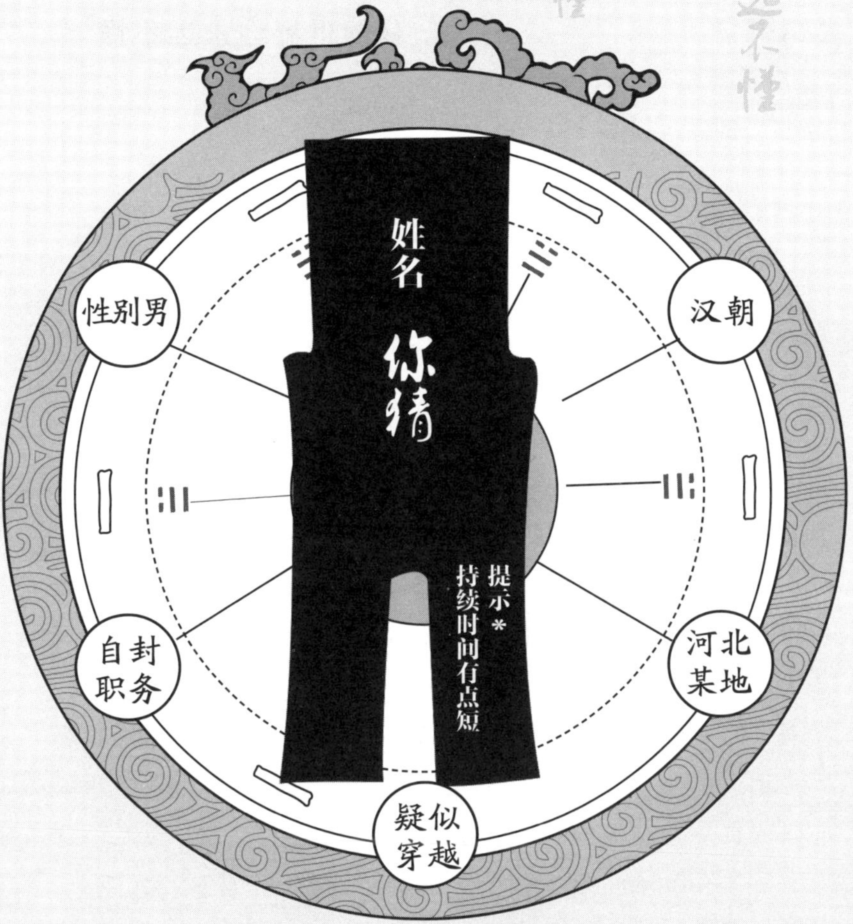

来历和行为让人感到可疑

第四章

我的世界你永远不懂

◎ 文 / 夏眠

当侯爵还是一个孩子的时候，他的姑姑已经是皇太后了，按照当时的传统，以后这孩子会在朝堂上谋个一官半职。可是作为依靠的爸爸和哥哥都死了，叔父们可怜他孤苦无依，便养在身边一起生活，只把他当作是一个普通孩子来养，没抱什么希望。

一心只读圣贤书的小男孩听不懂叔叔们的讨论，就知道叔叔们每次从朝堂回来，总是一副踌躇满志的样子。那时候，他看着面前摊开的《周礼》，再看看绫罗绸缎加身、互相炫富的叔叔们，默然不语。

有一个叔叔便问他："你以后想要做什么呀？"

孩子用澄澈的眼神看着他，说："我要建一个君子之国！"

周围的人听到之后哈哈大笑，提问的叔叔却一直盯着这个弱小的孩子，拍了拍他的肩膀。

"有志气！可是，孩子啊，一个人是无法改变世界的。"

男孩成长顺利，为人谦和不计较，八面玲珑不得罪人，亲戚们对他的评价都不错，靠着印象分一路刷到了当皇太后的姑姑这里，皇太后很满意这个外甥，和皇帝大力推荐。于是，就在男孩30岁的时候，他拿到了一个爵位，虽然是二等的侯爵，他心里还是很满意了。

年轻的侯爵满脑子想的就是：我要好好工作，好好辅佐现在的皇帝，做一个有理想有道德有素质有文化的四有青年。

在一群骄奢淫逸的亲戚里，他宛如一朵清水芙蓉，生活简朴，只穿素衣，甚至他妈妈生病，其他官员前来探望，把他穿着朴素的夫人当作是家里的仆人。

没几天，他在路边看到食不果腹衣不蔽体的穷人，而他的官配马车太过豪华，一个车轮就能抵得上一户穷人家半年的口粮，于是他把马车卖了，用得来的钱开了一个铺子，专门接济穷人。

有些高级知识分子前来拜访，侯爵热情招待，款待宾客，伙食费能抵得上平时开销的两三倍。

当然，也有看不惯的人会非议：这无非是博个好名声而已，谁不会?

这话吹到侯爵耳朵里，他也不恼，反而劝来告状的人："就让人说去吧，劳烦你有心特意告诉我。"说完，便赏了来人不少钱财。

装一天好人容易，但如果装上大半辈子，那哪怕是装出来的好人也是真好人了。

日复一日，年复一年，非议声越来越小，偶尔有一两次非议侯爵的，也被人们"你有本事也去演这么多年"的反驳之声给压下去了。

然而，这时他的儿子完美演绎了什么叫作"坑爹"。

朝廷里侯爵的对家早就等着抓他的辫子。于是，侯爵更加小心做人，姑姑让他干啥他就干啥。

偏偏他儿子在这个时候杀死了家奴，人命关天，这事可大可小，有人建议侯爵，毕竟是自己的亲生儿子，花钱消灾，厚葬家奴，善待他们的家人就行了，更何况法律规定，家奴的生杀大权本身就是在主人手上的。

侯爵无奈地笑了笑，他把儿子叫到了房间，谈了一夜，谁都不知道谈了些什么，就看到他的儿子垂头丧气痛苦地捂着脸走了出来，回到自己的房间。

再次得知儿子的消息，是他的死讯，死于自杀，还留下了忏悔书。

这件事迅速传开了，哪怕是对家的大臣们，都纷纷佩服起侯爵：牛！对自己亲生儿子都这么狠的人，以后一定可以成大事！

还真被他们说中了，皇帝太需要这样的人来作为榜样给百姓看，本朝还是有这么贤良的官员，于是硬是把侯爵请回来，丢给他一堆烂摊子让他看着办。侯爵一看：就你这个小身板儿，和你身边的智囊团，你这么做分明就是给我下套啊，我才不做呢，谁做谁傻！

小身板儿的皇帝没熬多久，死了，还没留后，不过没事，有皇室血统的储备还是充足的，于是皇室储备中血统最纯正的一个孩子继承了王位。

新帝即位，时局总是不稳。年迈的姑姑想来想去，还是外甥使得顺手，于是便提拔侯爵来辅佐朝政。这下侯爵直接成公爵了，公爵接手一看：哎妈呀，这比之前无后而终的前任皇帝留下的局面还要惨啊。

他赶紧把自己的土地拿出来，安置受天灾的难民，自己带头吃素，把多出来的粮食给灾民送过去赈灾。

但更严重的问题赤裸裸地摆在他面前：

首先，能用的人太少。大官总想着自己的儿子也当大官，要是没儿子，就把女儿嫁给其他大官，生下的孩子智商低？不要紧。反正当官还有个叫推举制，推荐信够牛，就可以当官。于是，朝廷里那些官，仔细一查，都是各种亲戚，再一查，没准三代以内旁系血亲，生下孩子都容易得遗传病。

其次，穷人没出路。一方面，有钱人不停地买地囤地，哪怕荒了也要买，另一方面，穷人越来越穷，连地都种不起了，可还是有家人要养，只有各种出卖身体，卖给富人为家奴、家婢，为富人打一辈子的工，于是贫富差距越来越大，老百姓怨声载道。

第三，国库吃紧。原来能够安安心心种地工作的家庭都散了，都跑去给富人当家奴了，哪里还有人能给国家征税呢？征税对象越来越少，当然国库收入也就越来越少，国库能不吃紧吗？那向富人征税？呵呵，看第一条，谁没几个朝中当大官的亲眷呢，手下的土地有可能还是给大官暂存的，一年的收入还得进他们的口袋里。

公爵看得太阳穴突突直跳，让他想起了小时候读书时看到的四个字“礼乐崩坏”，他日夜冥思苦想，连晚上做梦的时候都在想。

突然有一天，家奴们看着神清气爽的公爵走了出来，满面红光，大喊一声。家奴们吓得赶紧跑，一边跑一边纷纷议论是不是主人昨晚被什么奇怪的东西附体了。

然而，大权在握的公爵是认真的，他进行了大刀阔斧的改革。提议刚提出来，便遭到了无数人的反对。反对？一向谦和有礼的公爵表示自己已经解决掉所有提出意见的人，一切尽在掌握。这些反对者包括：朝中大臣、朋友，甚至还有姑姑。啊，姑姑不能解决就养老吧。还有皇帝，嗯？皇帝反对，那换个皇帝当当。这国号也得改，气象一新，就叫新吧。

改完国号，我们继续。

第一个下手的便是土地，侯爵宣布把天下的土地都归为国有，不允许私人买卖，按照家庭人口计算，八口人以下的家庭，持有土地上限九百亩，多出来的土地，一律上交国家。如果不上交，那就按照比例分给周围的邻居。

第二个下手的还是土地，如果佃农手下没有任何土地，直接和政府申请，政府会分配土地。分配的标准按照一对夫妻一百亩的原则，要是佃农手下有土地但是不到一百亩的，由政府补足剩余部分。

公爵希望通过土地国有化，解决土地把持在大多数豪族贵族的现状。既然土地国有化了，下一步的改革显而易见，就是：解放生产力。

地主家里总共才几口人？要这么多人伺候做什么？自己不劳动创造财富，居然还不让别人创造财富？不行。于是公爵顶住满朝文武的压力，做出一个艰难的决定：禁止买卖奴隶、婢女。当这一代的家奴家婢死了以后，便是没有奴隶，人人持有自己生杀大权的社会了。

除了禁止奴隶买卖之外，公爵还颁布了强制劳动的规定。劳动创造价值，人，就是应该劳动的！凡是无业游民，每人每年都要上缴一匹布作为自己不劳动的补偿。没有能力缴纳补偿的，那么政府会为他提供工作，用劳动弥补，当然了，在劳动期间，衣食由政府供给，可以说给了无业游民一个去国有企业上班的机会。

对，国有企业，公爵皱了皱眉头，有些影响国家经济命脉的行业必须国有化：酒、盐、铁必须国家专卖，私人不得经营，谁要是经营这些，便是扰乱市场经济秩序，统统抓起来。

公爵决定鼓励自由发展，可是老百姓没钱咋办？借啊，问谁？少个借款机构啊，不如就政府吧，政府提供各项优惠贷款。老百姓如果因为祭祀、丧葬缺钱，可以向政府申请贷款，贷款不收利息。如果为了从事农业、商业要贷款，提供低息的商业贷款，要是你赔了，不收利息，要是赚了，按照净利润的10%收取利息。

这么一来，市场也有了，有了土地，有了市场，根据宏观经济理论，公爵立刻领悟到了下一件一个有效政府必须要做的事：稳定物价，抑制CPI过快上涨！

日用品能让市场决定的部分就让市场决定，大家自由公平买卖，政府不干涉。一旦出现日用品供给过多，价格跌破成本价的时候，政府就会按照成本价收买市场上多余的粮食和布匹，防止生产者遭受过重的损失。当日用品的供给大于需求，价格暴涨时，政府就会在市场上以上涨前的价格抛售商品，阻止价格上涨，让平民能够维持日常生活。

做完这些，公爵长舒了一口气，现在土地问题解决了，农业问题解决了，商业问题解决了，正当公爵准备开瓶酒庆祝下的时候，最要命的问题甩到了他的面前：缺！钱！

补贴无业游民进国企劳动要钱。

政府收购多余的粮食布匹要钱。

给贫困人口最低福利要钱。

给老百姓放贷款还是要钱。

衣食无忧的公爵顿时觉得自己一贫如洗，然而现在也没有个富豪能给自己排忧解难，自己就是最大的富豪，要如何才能给国库搞点钱呢？

第一条路，税收。

公爵想到这个就想抱头，老百姓是天然厌恶税收的，直接收税会引起他们最激烈的反抗。于是公爵机智地发明了一种所得税，当时叫收益税。凡是从事工商业的人口都要纳税，无论你是打鱼打猎的，还是开医馆、酒店的，哪怕算命先生赚的钱里都要缴纳10%的收益税。这个税全部作为稳定物价的资金。

可是，即便是这样，依然杯水车薪。

前面的皇帝骄奢淫逸惯了，老百姓早就没什么钱可以再交税了，财富都大量地集中在贵族手里。要怎么样才能让这些钱都收归国有呢？杀了他们不可能，更何况这些贵族手里还有武装，只有强行抢，但是打仗又要耗钱，那就更没钱了。

公爵仰天长叹：老天爷啊，用金山砸死我可好！

突然，公爵又被灵光击中！

不久，他就开始了货币改革，金银铜什么的不好使，换其他的！换了好几次之后，终于决定发行国家信用货币！

国家说这个钱值多少就值多少，哪怕是印在白纸上，我说它值100就是值100！

公爵天才的创意直接让老天给跪下了，就差直接在天上鼓掌了，然而这还没有结束。公爵觉得只读圣贤书还不够，还要同时发展理工科。

嗯，我要以身作则！他鼓励工匠将设计变为现实，用青铜做出了当时较为精确的测量工具——青铜卡尺。

据说有个人能上天？来来来，把他找来给我看看。

于是，一个能制作飞行器的工匠便带着自己的飞行器演示给公爵看，公爵大为赞赏，立刻给了他一笔钱当作是科研经费。

再苦不能苦孩子，再穷不能穷教育，公爵在首都建立了一万间房子，成立了不少研究所，只要对文献有所专长的，都招来做研究，还扩大了太学这种高等学府的招生，在各地兴办学校，让孩子们上学读书。

不久之后，公爵得到了一个造反者的尸体，他立刻召集宫廷里的太医和屠夫，破开他的肚子，拿出他的五脏，并且探究他们的功能和状态，再用竹刺刺入血管，了解经脉的结构，这是历史上基于医学的第一次解剖尸体，然而还没有来得及做更细致的研究和记录，公爵便听到了末日的声响。

越来越多的人反对他，不仅是利益受损的王公贵族，甚至还有他心心念念想要解放想要关怀的平民。作为领导人，平定各地的叛乱是理所应当的，他信心满满地领兵出征。

然而，和写好的剧本不一样。四十万大军竟然不敌对方两万，公爵只有仓皇出逃。回到京城，站在城楼上，他眺望着四周黑压压地朝自己汹涌而来的军队，愤怒地大吼：我做错了什么！

城内一片混战，他在死忠侍卫的保护下到处躲避，恍惚间，有一个涂着红色眉毛的中年女人朝自己狂奔而来，想要索命。

公爵大喊：“你是谁！为什么要杀我！”

女人回答：“我是山东吕氏，你还我儿子命来。如果不是你，我的儿子现在还当公差当得好好的。你这个逆贼！”

公爵大呼：“难道我做的一切不都是为了你们吗？”

女人怒斥：“这一切，你都是为了自己。我儿因为不忍心打死不交赋税的农民就被处死了，你知不知道，你让我们村里大多数人都流离失所！我们没有钱交税！仅有的一点钱都被你的新钱给作废了，原来的钱可以买一头牛，你印了新钱之后只能买一个牛蹄子！有多少不幸的百姓因为交不起钱要强制被移到青海这种苦寒之地！你什么时候想过我们的死活！你就是为了自己，为了你的王位！”

公爵顿时清醒过来，对着前方一片空气大喊：“你说什么！王位！”

他看了看自己身上的龙袍，再看看飘荡在战火里的旗帜，对啊，在他改制之前，早就逼着弱小的皇帝禅位给自己，现在的国号还是他定的“新”，原来他早就已经是皇帝了啊。

他摇了摇头，握紧拳头，王位是我的又有什么错，难道治理国家就要血统论吗？难道不应该是有能者居之吗？

他朝着前方大声呼喊：“你不懂！你不懂！你！你！你！都不懂！”

我的理想总有一天会实现的，你们这些凡人！

老天爷啊！

再一次，公爵跪在了地上，在南郊痛哭流涕，眼看着绿林军攻入首都，他绝望地闭上眼睛。

没有人能说得清楚，公爵，或者说新朝的皇帝，到底是抱着什么样的想法进行了超前一千年的改革。

他是真的看到了未来的社会？还只是想要建造一个儿时在书房里读到的理想的君子之国呢？

如果他是一个理想者，那么最可惜的便是他生错了年代，他一厢情愿地把自己的幻想加诸在了残破的现实之上，又没有与之同调的同行者。

也许在他闭上眼睛之前，看到的不是乱军举起的刀，而是当年看重他的叔父摸着他的头，那声长长的叹息："莽儿，一个人是无法改变世界的。"

←

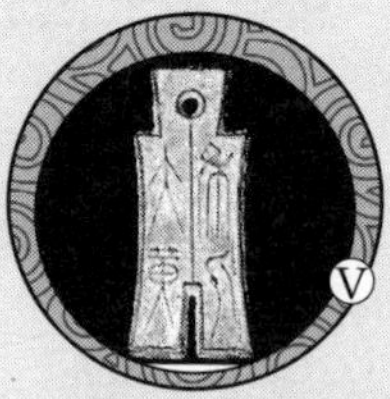

王莽

VIP 3

生于：公元前 45 年 12 月 12 日

成就：新朝开国皇帝

主页 **文章**

影响力 查看》

状 态 **为什么，我这个皇帝当得这么短？** 昨天 00:00 更多》

459 关 注

153 粉 丝

2061 微 博

@王莽：其实朕从小是个道德楷模的。

@王莽：今天，朕要开始着人编写《汉语典》《医典》《婚丧典》《文学典》了。

@王莽：看到朕的青铜卡尺了吗，你们做得出来吗？

@刘秀 回复 @王莽：我就静静看你在这里继续说，反正你是最短命朝代的皇帝。

@王莽 回复 @刘秀：……

昨天 00:01

蒙面大咖 NO. 5

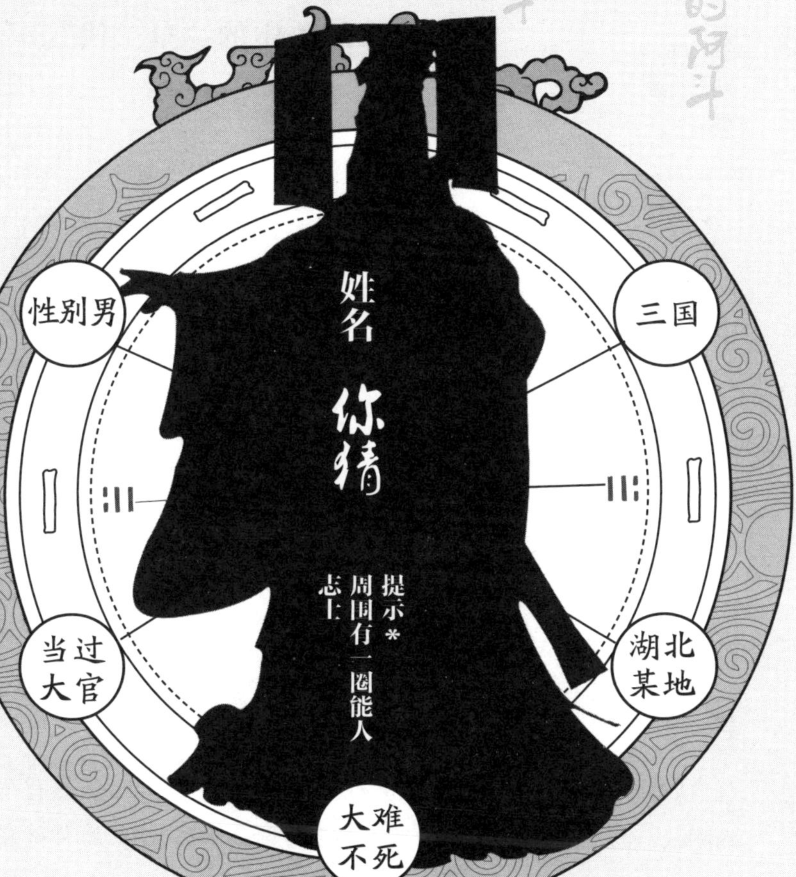

平平淡淡才是真

第五章

不是你想象中的“皇二代”

◎ 文 / 六欲浮屠

或许没有任何人的婴幼儿时期，能够比我们今天的主角更具有“帝王之相”。

许多伟大的帝王将相，当史书上开始记载他们时，往往着墨于出生那一刻的“天生异象”——龙吟虎啸、华光万丈，偶尔还从空中传来仙人语音。然而当他们呱呱坠地后，这些不可思议的背景点缀就全部消失了，史书上至多赞一句：此子聪明异常，三岁读书写字，五岁出口成章……

后世的旁观者都知道这些赞美的含金量不高，那年头既没有智商测试，也没有天才少年班，所以聪不聪明，谁知道呢？即便他们日后都成了名垂史册的巨星，那也是以后的事，至少在婴幼儿时期并没有什么实打实的丰功伟绩。

主角出生在距今一千八百多年前，彼时，华夏大地正陷于战火分裂的境地，旧制度和旧皇朝即将彻底崩溃，而新的秩序还没有完全建立。常言道乱世出英雄，那几十年里，有本事的人大都想干一番事业，有人成功，有人失败，还有一些人在短暂成功后摔得粉身碎骨，半生积累都被人掠夺，成了助他人上行的阶梯。

毕竟是乱世，英雄辈出，枭雄辈出，蝼蚁草芥般的流民更是满地乱走，如同主角家国边上那些望不到尽头的莽莽群山。

主角生于长江边的一座城市里，他的父亲位高权重，乃当世豪杰。但优渥的出身并没有为他带来足够稳定的生活，不到一岁，父亲的事业就遭遇了一次重大打击，本该锦衣玉食、茁壮成长的主角随家人踏上了逃亡之路。

追兵凶险，父亲的部队不幸遭对手击溃，主角和母亲与众人失散，陷入乱军铁蹄中。千钧一发之际，一位英勇的将军如神兵天降，孤身一人一骑，在敌方大军中冲杀横扫，如入无人之境，将还在襁褓中的主角平安救出，交回他父亲手上。

这段堪称传奇的经历，在此后一千多年里被反复赞颂吟唱，勇救少主的将军成了亿万人心中的大英雄，而我们的主角也因此拥有了一段不同于其他帝王的特殊经历。

或许，这给年幼的主角染上了一层光环：所谓大难不死，必有后福，小小年纪就能经历这般九死一生的大战，必定是位天命加身的神人了！

这份期待不仅存在于当时当地的人们心中，也存在于后世刚刚翻开书本，看到那一页的读者们心里，大约每个人都盼望着，盼望襁褓中的主角迅速成长，大展神威，成就一番不世伟业！

在殷殷期待的灌溉下，主角从婴儿成长为孩童、长为少年，最后长成了一方国土的继承人。

这不同寻常的十余年，是中国历史上最精彩、最激动人心的时段之一，华夏大地上风云变幻，多股势力逐鹿中原，在难解难分的征战与权谋中做着一统天下的梦想。

文臣、武将、谋士们各展所长，你方唱罢我登场，如夜空中璀璨的群星，照耀着几千年的岁月长河，至今依旧为人所津津乐道，甚至潸然泪下。

主角的国家正是这几股势力中的一股，它身负正统之名，却暂时偏安西南群山的环绕中。父亲建立这一方基业十分不易，多亏了结义兄弟和几位神勇善战的将军们扶持，以及另一位神人般雄才大略，智计百出的丞相。

在这些左膀右臂的辅佐下，主角的国家渐渐稳固，包括他父亲在内的所有人都像天顶闪耀的恒星，每一个人的名字都是一座令人敬仰的丰碑，岁月的流逝不过大浪淘沙，让这些黄金般的名字越发熠熠生光。

主角在群星的包围下成长，每一颗星子都对他投射了极大的关注和期待，如同众星捧月。

然而，月亮自己并不会发光。

接下来发生的一切慢慢证明，背负万千期待的主角并非什么天降伟人，甚至连"资质上佳"都称不上，他只是一个普通人，幸运或者说不幸降生在了这个烽烟四起、群雄逐鹿的大时代，降生在了注定不能平庸的帝王家。

主角十七岁时，父亲离世，他接过了国家的权柄。

这个时候还不算太糟，虽然勇武的将军们已有一些与他永别，但至少最英明神武、算无遗策，也最值得倚靠的丞相还在。主角遵从父亲临终的嘱托，像对待另一位父亲那样对丞相毕恭毕敬。

丞相雄心炽烈，数次挥师北上，主角全力支持，然而丞相终究还是去了，壮志未酬，巨星陨落。

再一次失去了“父亲”的主角换上白衣，下令举国哀悼三日。一名曾在丞相手下不得志的臣子趁机进谗，说丞相倚仗强军，独揽大权，如今他去了，陛下正好平息战事，保全皇室宗族，这是大好事啊。

主角闻言大怒，下令处死此人！

他没有独揽大权的喜悦，更没有在此后清算丞相的家人，相反，他厚待丞相全家，重用丞相之子，还将女儿嫁了过去。

虽然生在帝王家，但主角的心性更贴近厚道平凡的普通人，他资质平常，没有将军的武勇，没有丞相的雄才，甚至没有他父亲的知人善用和好运气，他唯一的长处，或许就是这份难能可贵的厚道，“无猜险之性”。

豁达从容，气量如海。

时光如水，不知不觉间，威名赫赫的英雄们一一离世，像群星从天幕上消失，而狡诈的对手在远方如朝阳般冉冉上升，即将令分裂的世间归于一统。

这段时间其实很长，长达几十年，但看起来又是那么短，短得仿佛只有一瞬间。

毕竟，这个时代最精彩的篇章已经翻过去了，豪杰辈出时的运筹帷幄、神机妙算、谈笑制敌、横扫千军都已落幕，主角如今拥有的只是一个环境相对封闭的王国、能力相对平常的臣子，以及渐渐变得捉襟见肘的财政。

丞相去后，他的雄心在另一位将军身上得到了延续，他给钱、给人、给军权，支持将军有所作为。一开始这是很有效的，将军与敌人各有胜负，甚至让人隐隐看到了实现丞相遗愿的希望，然而随着时间推移，局面又一步步变得黯然失色。

这时的主角，已从意气风发的少年变成了容易感到疲惫的中年人，父亲和丞相留下来的人才基本消耗殆尽，他身上属于普通人的平庸、软弱越来越占据上风，本就不够机敏，也不够强势的他，终于被朝堂上某些别有用心的人哄骗了过去。

朝臣与宦官内外勾结，不断向主角进谗言，于是他渐渐放松手中权柄，让恶毒短视的阉人把持了朝政。

到这个时候，国家的覆灭似乎已不可逆转了。

大梦醒觉，发生在主角登上帝位后的第四十一年。

这年底，敌人的大军自阴平而来，赫赫扬扬，兵临城下，主角与群臣商议后选择了开城投降。英雄时代的血性似乎早已在这个平凡的中老年男人身上消失无踪，他没有血战到底，以身殉国，而是平静地接受了覆亡的命运。

之后，失去一切的主角奉敌人之命离开了故土，离开他度过大半生的蜀中大地，来到花开富贵的洛阳，受封安乐公。

一次宴饮中，敌国命人演奏主角故乡的乐曲，旧臣们想到亡国之痛，个个掩面低头，默默流泪。唯有我们的主角淡然自若，一点儿也见不到悲伤的模样。

于是对方问他："安乐公，你不想念故土吗？"

不，不想。

主角笑嘻嘻的，如同一个没心没肺的傻子说："此间乐，不思蜀也。"

此间乐，不思蜀。

这是主角这辈子传给后世最著名的一句话，也因此铸就了他"废物""蠢货"的形象，并因此衍生出一句骂人话，叫作"扶不起的阿斗"，仿佛他一无是处，只配给人鄙视和嘲笑。

至此该揭晓我们主角的身份了：他是蜀后主刘禅，刘备之子。

他当真一无是处吗？他真的太软弱，太没用了吗？

或许是吧，他确实有软弱无能、任用奸臣等弊病，但似乎也不至于被苛刻地批判痛斥到体无完肤。

剥去出身的光环，回头望去，刘禅大约只是一个资质平凡的普通人，如同千百万个不曾在史书上留下姓名的小人物，却被命运丢进了激烈的大时代当中。

他豁达从容、气量如海的特质，在残酷的时代面前不值一提，他跟不上英雄们的步伐，也没有掌控延续国家的能力。而牌局被交到他手里时，好牌几乎已出尽了，他只能在数十年前的群星闪耀下，独自背负起这一片平庸昏暗的夜色。

滚滚长江东逝水，浪花淘尽英雄。

蜀国灭亡，蜀王刘禅客死异乡，他最后留给后世的不过一句：此间乐，不思蜀。

刘禅

VIP 2

生　于：　公　元 207 年

代表作：蜀汉后主

主页　　**文章**

影响力　　查看》

状　态　　**乐不思蜀？**　　昨天 16:23　　更多》

235
关　注

56
粉　丝

247
微　博

@姜维：陛下，真的不能听黄皓那个小人的，钟会那边肯定要有所行动了。

@黄皓 回复 @姜维：你瞎说，他们不会来的，@刘禅，陛下，听我的，安啦安啦，准没事的。

@姜维 回复 @黄皓：奸臣！陛下不能信了。

@刘禅 回复 @姜维：朕觉得，应该没事的，爱卿不要想多了，安啦。

@姜维：……

@姜维：@诸葛亮，丞相，我尽力了……

@诸葛亮 回复 @姜维：伯约……我都知道。

昨天 17:01

第一卷

学渣？学霸？落榜之后该怎么办？

Xuezha Xueba

蒙面大咖 NO. 6

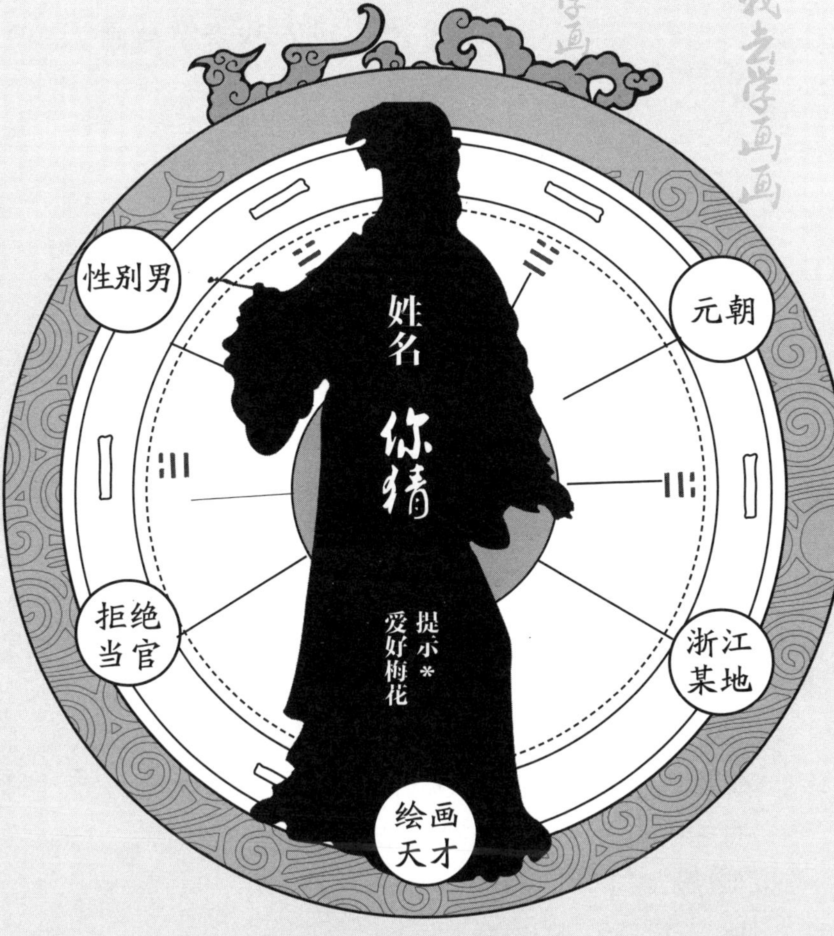

淡泊名利

第一章

科举考不过？我去学画画

◎ 文 / 琴城野老

作为全村最不走心的放牛娃的爹，老王每天都觉得心好累。

这都是这个月第几次了？隔壁邻居又牵着牛找上门来了。

这回又是什么事？哦，牛没人管，踩坏了人家的田……

好不容易赔礼赔钱赔笑脸把邻居送走，老王这一肚子火“噌噌”地往上冒，他把自家儿子提溜到眼前，结结实实就是一顿胖揍：三天两头记不住把牛牵回家，到底是你放牛还是牛放你？

放牛娃小王不是个很擅长解释的小孩，再说，总是把牛放丢，也确实说不过去。他只好保持沉默，勇敢地直面老爹的责问。

可是事实上，小王放不好牛的原因是很正当、很励志的。他总是和牛失散，是因为他常常跑到学堂听学生们读书，一听就是一整天，等到他想起放牛的本职工作时，牛已经在全村溜达十八圈了。

像小王这种孩子，但凡要是托生在个书香世家，那得好好栽培，毕竟这么好学的孩子可不多见。可惜他偏偏是个穷人家的娃，他的老爹只关心他能不能把牛放好。读书？不要说学费了，灯油钱都很贵的好吗？

然而，这并不能阻挡小王学习的步伐，家里没有灯油不要紧，机智的他跑到了寺庙里，每天晚上就着佛像前的长明灯读书。

夜半三更，山村老庙，一灯如豆……

这种背景，往往会让人自动搭配一支惊悚悬疑风的背景音乐，营造出一种森森的恐怖氛围。别说一个七八岁的小孩子了，就连大人也多半承受不住。

可小王偏偏就很淡定。他每天晚上都在寺庙里认真读书到天亮，根本顾不上害怕。他的内心只有一个声音：我爱学习，学习使我快乐。

有个很有名气的大儒听说了这件事，觉得这孩子不一般啊，比我那帮追着打着都不爱读书的弟子省心多了。可不能让他被放牛给耽误了，不如我收他为徒吧。

于是，放牛娃小王就成了大儒的弟子，从此得偿所愿，幸福地徜徉在了学习的海洋之中。

热爱读书的小王渐渐长大成人，在大儒的教导下，他的学问越来越棒，大儒去世以后，门人都把小王当成老师一样尊重。当年的放牛娃，如今脱胎换骨，成了一位远近闻名的才子。

太有才的人，往往个性都很鲜明，小王也不例外。他有很多观念都和当时的普通大众不一样，在一般人的眼里，他就是个奇葩。

举个例子，那年头人人都敬鬼神，小王却不信。他家离寺庙很近，小的时候，只是借神明的长明灯读书用。长大以后，已经发展到把神像劈了当柴烧的地步。每当家里缺柴，他就拿着斧头跑到庙里找个神像来劈……

神明：急，孩子总是拿我当柴烧怎么办？在线等！

可巧王家的邻居是个特别虔诚的有神论者，每次小王祸害完一个神像，邻居就赶紧刻个新的原样供奉好。就这样劈了刻，刻了劈，来来回回好多次。

意外的是，王家对神明这么不敬，日子却过得挺安定；邻居对神明这么虔诚，却总是事事不顺。有一天邻居的心态终于崩了，他找了个跳大神的来诉苦，说小王这种人，对神明大不敬，神也没有降罪于他。我天天防火防盗防小王，出钱出力补神像，神为什么不保佑我？跳大神的也很机智，一语道出了真相："要不是你一次一次地补，他能一次一次地烧吗？"

虽然似乎哪里不对，但又好像无法反驳。邻居从此放弃了，再也不补神像了，慢慢地，这个庙里的神像就被小王劈到绝迹了。

小王一脸无辜地表示：偶像我也有，只不过不是神仙而已。

比如古时候的爱国名士屈原，就是小王很崇敬的人。他从书中看到屈原峨冠博带的形象，就特意做了一顶高高的帽子、一身宽袍大袖的衣服，为自己打造了一整套十分复古的装备。

在送母亲返乡的时候，他就穿戴上这身在别人眼里怪异无比的装束，坐着牛车唱着歌，从街市中走过。一群孩童觉得好玩，追着他笑闹，他也毫不在乎地朝他们笑。

但是，小王的考运就有点悲惨了。不知道是因为他学的东西和应试教育太不搭，还是因为每次碰上的题目都没发挥好，小王参加了好多次科举，次次都名落孙山。

著名大儒传人、本地十佳才子屡试不第，数次落榜，这就很尴尬了……

好在小王心很大，对于功名也没什么执念，他自嘲说，小孩子挂科多了都知道不好意思，我怎么能在这种事上车轱辘呢？干脆不考了吧，我要放飞自我，做自己喜欢的事！

于是，他一把火烧掉了自己所有的功业文章，雇了艘船，开始了一场说走就走的旅行。

这一路上，他游览名山大川，结交了很多朋友。每天生活的主要内容就是观光、约饭、吐槽。

是的，我们的才子小王，不但学问很好，还精通一项特殊的技能：吐槽。

说吐槽其实都很含蓄了，小王这个人啊，说他吐槽专业八级也不过分……尤其是碰到“功名利禄”这个关键词，只要一聊到这个，他的吐槽就会自动触发，火力全开。

曾经有人想给他介绍工作，当个府衙里的小吏，相当于官老爷的助理。他直接拒绝道：“我有田种，有书读，日子多么惬意，你让我天天抱着文书站在官衙里听人呼来唤去？莫不是脑子有问题。”

还有个朋友觉得他适合在史馆里供职，想推荐他做官，他也没跟人家客气，说你推荐的这个地方，不出十年就变成狐狸、兔子出没的荒野了，你还做什么官，早点洗洗睡吧。

小王之所以对做官这么排斥，倒不是因为自己没考上进士，吃不着葡萄说葡萄酸，而是因为他出身贫寒，自小见多了达官贵人欺压百姓的不平之事，在一路游历的旅程中，也看透了当时政治黑暗、乱世即将到来的真相。

他曾经在江南目睹万千百姓因为遭受天灾而忍饥挨饿，可一个牵着花驴儿的异族人，却在街头招摇撞骗，声称自己的驴能通晓人意，还能听懂异族语言。众多不懂事儿的权贵子弟纷纷豪掷钱财，只求一睹为快。

百姓都食不果腹了，驴却能轻而易举地吃到粮食，小王看到这种怪事，气得十天都没吃下饭。

然而，这不过是这个荒唐世道里数不清的奇葩事件其中之一而已，这种事见多了，小王也就慢慢地把这个王朝的腐朽看透了。他有那么多的雄心和抱负，可他一点也没办法在这样的现实里去实现。

世界这么大，我想去看看；官场这么黑，我想说再见。

他彻底丧失了入仕的梦想，甚至公然预言：天下就要大乱了。

围观群众多半都不信：要你装什么真相家，太狂了吧？

然而小王永远是爱谁谁的心态，从来都不理别人的评论和眼光。他干干脆脆地放弃了做官这条路，找了一片美美的山林，带着妻子和娃，开始了避世隐居的生活。

他的亲友团纷纷表示支持：行吧，反正像你这样的嘴，再不隐居，早晚也得出事。

说起小王的隐居人生，那叫一个安逸。他盖起了三间小茅屋，自己开垦田地，种粮食，种蔬菜，种果树，挖鱼塘，每天入口之物都确保纯天然绿色无污染，每天放眼之处都是美好养眼的山水风光，日子简直不要太惬意。

小王给自己起了个别号，叫煮石山农。

他觉得这个别号很应景。当年的放牛娃是那样渴望成为一名读书郎，等到真的成了读书郎，却又这么快离开了儒生仕途。人生兜兜转转，绕了一大圈，如今又回到了退隐种田这个归宿。

好在山农小王并不会抱怨命运弄人，他总能在任何境地之下找到方法自得其乐。

比方说，他在自己居住的地方种了上千株美丽的梅花，连住的房子都题名为梅花屋。因为梅花是小王的最爱，爱到了痴狂的地步，他喜欢梅花高洁孤清的气质，崇尚梅花在冰雪中傲然盛开的坚韧。他还有个最得意的技能，那就是画梅。

小王画的梅花和一般人不同，他只画长在山中的野梅，不画大宅门里养的官梅。因为宅院里种出的官梅，总免不了被人为地弯曲枝干，以逢迎人的喜好。而长于自然山水之间的梅花，枝干都是挺拔劲直的，有他心中向往的那种自由恣意的风致。

为了淋漓尽致地表现出梅花的形貌与风骨，他别出心裁地创造出了用胭脂画梅的画法，但他最擅长的是画墨梅，即使不用任何艳丽的颜料,只依靠浓淡有致的墨色,也能把梅花画得生动而富有神韵。他笔下的梅花繁茂劲健，格外有风骨，一扫纤弱娇柔之感，让人耳目一新，心生振奋。

对于墨梅，小王也有自己的解读，他曾经写过一首咏梅诗：我家洗砚池边树，朵朵花开淡墨痕，不要人夸颜色好，只留清气满乾坤。

这个意思很明白了：我和我画的梅花都是不走寻常路的，花里胡哨不是我的菜，高洁清正才是我们王氏风格。

当然，隐居的生活看上去很美，但也绝不是每天在家瘫着就能维持的。小王一家的日子过得很紧巴，经常吃了上顿没下顿，这期间断断续续有不少人再次劝他去做官，但都被他拒绝了。

好在小王梅花画得好，许多人为了他的一幅画作趋之若鹜，而且小王还是个手速特别快的能人，顷刻之间就能画出千花万蕊，每天的接单量都不少。

话说那年头，大多数文人的思维定势都是读书人不能谈钱，谈钱太俗，有铜臭味！琴棋书画这种高雅之事，怎么能和钱这等俗物挂钩呢？

小王可不管这一套，他的脑回路是：我自己凭本事画的梅花，为什么不能拿来换钱？

他不但卖画，还以画卷的长短来决定一幅画换多少大米，一点都不矫情。前来求他画的人很多，小王就靠着卖画得来的收入养家糊口，至于别人的讥笑和非议，他才不会放在心上。

生活虽然很拮据，但小王从来没有为隐居这个选择而后悔过。曾经他与一位很敬重的师长小聚，师长看他穿着破旧的衣服，鞋子破了个大口子，脚趾都露在外面，觉得很心疼，说像你这样的人，明明可以靠才华弄个一官半职，为什么偏偏要和自己较劲呢？于是师长就送了他一双草鞋，劝他去做官。

小王笑而不语，很快就告辞离开了。

别说做官了，他连那双鞋也没拿。

作为一个没钱、没权、没工作的三无青年，小王的物质条件实在是有那么点儿悲剧，但他的精神世界却很宽广，种田、吟诗、作画，一个都不能少。

人生如画，画如人生。小王这种特立独行的性格，也像一株山野间盛开的梅花一样肆意生长着。

有人见过他在大雪天赤脚爬上山峰，在白茫茫的天地间喜悦地高呼，赞叹这澄澈的冰雪，使他内心宁静祥和。

有人见过他头戴高帽，身披蓑衣，脚踏木屐，在城镇中提剑高歌，视旁人的指点哄笑如无物。

有人骂他为狂生，有人诟病他性情怪异，但小王始终还是那个小王，不管是放牛娃小王，还是才子小王，还是山农小王，他始终都保持着鲜明的个性，固执地坚持着自己选择的路。

他还写了一卷书，随身带着，从来不给外人看，只在深夜时候拿出来诵读，他说，只要自己不死，等到有一天遇上一个明主，就能成就伊尹、吕尚那样的大事了。

他是个我行我素的人，从内到外都是同样的率真傲岸。唯一一样与他的风格相悖的，只有他的名字。

他叫王冕。

虽然他一辈子远离官场，与功名冠冕无缘，但他却是元代文坛、画坛当之无愧的无冕之王。

山间的梅花开了又谢，谢了又开，王冕笔下的梅花也是画满一张又一张。

不知不觉，这一生就这样倏忽而过。

后来，他所在的王朝终于如他的预言所料，走到了末路。各地烽烟四起，起义不断，新的王朝很快崛起，历史翻开新的一页。

只可惜，那时的他早已看不到了。只留下他一生所作的诗文与墨梅，让后人回味品评。

王冕

VIP 4

生　于：　公　元 1287 年

代表作：《南枝春早图》《墨梅图》《三君子图》

主页　　**文章**

影响力　　查看》

状　态　　**啊，我可爱的梅花。**　10:12　更多》

56 关　注

1798 粉　丝

3891 微　博

@王冕：其实我的本职工作是个农民。

@韩性 回复 @王冕：其实你这孩子挺有才华，咋每次科举考试老是落榜呢？

@王冕 回复 @韩性：先生……我可不屑于为官！

@韩性 回复 @王冕：哦，借口。

@王冕 回复 @韩性：先生不信我！@朱元璋，陛下你说，你是不是请过我出山被我拒绝了。

@朱元璋 回复 @王冕：确有其事。

@韩性 回复 @朱元璋：哦……

10:23

蒙面大咖 NO. 7

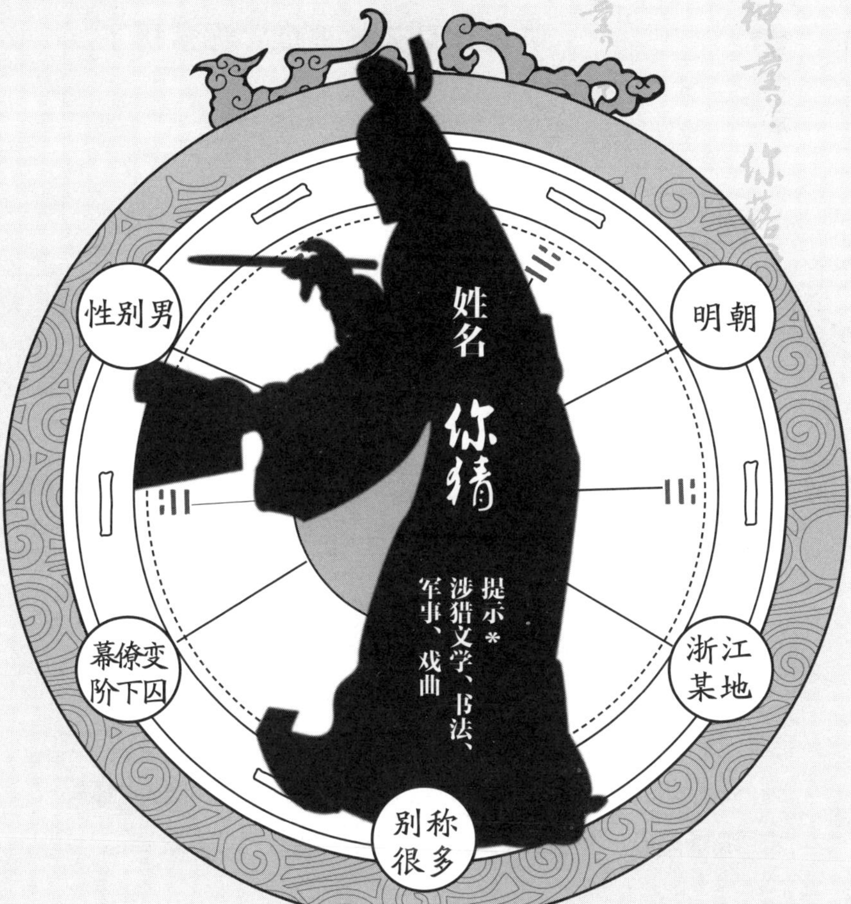

命途多舛的少年才子

第二章

听说你是天才神童？你落榜了

◎ 文 / 时乙戊

一

先生出生在一个衰落的大家族。

他的父亲是府里的二把手，但是在先生出生一百天时就逝世了，官二代没有做得成，更可惜的是，先生前面还有两位哥哥，先生自己是小妾所生，又由二房所养，富二代的位置也岌岌可危。

二房不能生育，为了家中的地位，便把先生的母亲赶了出去。这是先生出生以来经历的第一次生离死别，而命运似乎特别喜欢把爱从先生的世界里剥离出去，先生十四岁的时候，继母也离世了，先生跟随长兄生活，可惜长兄不长脑子，磕丹药把家财磕了十之七八。

毒品害死人啊。

先生从出生起就没有一丝好运，命运如同顽童，毫无保留地虐待着先生，有意让先生成为上下五千年最苦的读书人。

二

所幸，先生祖先保留的才华，全都留给了先生。

先生写文写得好，音乐也很厉害，骑射剑术也是兼有涉猎，“关起绍兴城的门，只有他一个”。

但是命运这个编剧着实可恶，让先生第一次科举不中，第二次科举也不中，先生愤懑不已，居然上书学政：我觉得这样不行，我给你们一次让我复试的机会。

学政没见过这么拽的学生，遂复试，先生中了秀才。

这份来之不易的秀才头衔终于到了先生的头上，先生在欣喜的同时又无比的憋屈，他整理好书本，以他之姿，二十岁才中秀才本来就是羞辱，那就接下来的考试里，一举接连夺魁吧。

先生三年后参加考试，不中。

再考，又不中，又考，又不中……一共七次，二十一年。

上天的玩笑毫无保留，尽情地取笑着这个最苦的读书人，再次夺走了他作为读书人的登天之梯。

三

久考不中，以先生之才华，也被迫低头，做了名赘婿。

先生做了一名小吏的上门女婿，小吏也欣赏先生的才华，怕折损了他的颜面，所以特意在自己上任地，广东，为先生摆的酒席。

先生或许是不甘的，他想要大家闺秀，想要有大宴十日，想要状元及第后骑花马游街，双喜临门。

先生醉醺醺地进门，醉醺醺地挑开她的盖头，先生甘了。

她十四岁，好看，也跟他种种都一样，他少年丧父，她少年丧母；他孤高，她婉转；他像是风中的干枯芦苇，她便是水中浮萍。

先生突然有了根，跟她在一起五年，先生突然甘于平凡了，做个老婆孩子热炕头的常人也很好，不要再吟诗作画打打杀杀了。她为他生下了孩子后，在秋天就突然身患肺病离开了。

芦苇是没有根的，浮萍也会被水冲散。

先生失去了父亲、母亲，又失去了妻子。在许久，十年后，突然收到了妻子的衣衫，汗迹犹在，儿子拉着手问他。

“爹爹，你哭什么啊。”

四

尔后的日子里，兄长也死了，家产被无赖霸占，没了生计的先生只能教书，带着幼子，磨去了少年意气，只是墙上宝剑总是铮铮作响。

它在问先生，锋利如我，尚会腐朽；大才如你，也会如此吗?

也想问问，此时此刻在看这篇文章的你，纵然一时困顿，就该沉寂下去吗?

不该，不会，不行。

如果生命注定要走向死亡，如果命运注定要把你打趴，那就躺地上歇一歇，满脸血泪鼻涕地站起身，再给他一记左勾拳。

我知道我会输，但我一定要让你赢得难一些，再难一些。

先生的贵人破门而入，是一方总督，他揪住先生的领子，然后拿起墙上的宝剑，认真而又斯文地问先生。

“柱子，啊不，先生，倭寇在东南沿海又闹事儿了，我和小戚觉得不行，你看看能不能想想办法？”

当然剧情没有我想的那么粗鲁，而是这位胡姓总督相邀数次，三顾茅庐，先生终于出山了。

十年磨一剑，霜刃未曾试，今日把示君，谁有不平事?

先生参加了柯亭、皋埠、龛山三处战役，妙计频出。

先生为胡总督捉刀，写青词，皇帝陛下居然专门找了个小册子记下：“这个写青词的人着实厉害，是谁？”

先生用计招抚了倭寇巨头徐海，活捉了倭寇巨头汪直，困扰大明数朝的倭寇自此平定。

当然先生人生另一得意之作，还是教了个青年后生兵法谋略，后生平了宁夏叛乱，还把一统日本，打算对朝鲜试试爪牙的丰臣秀吉和他的二十万狗腿子赶回日本。

这是先生最快乐的日子。

先生得到了胡总督无上的礼遇，他穿着破旧的衣服，在集市大呼小叫地喝酒，胡总督反而羡慕他的名士风范。先生在楼上喝酒，听闻楼下有兵丁吃霸王餐，告诉胡总督，胡总督便立刻将几人绑了斩首。胡总督还给先生买了大别墅，挖了鱼塘，让先生随便承包。先生每天的事情便是钓鱼、做鱼、喝酒。

胡总督操心到先生的私人生活，给先生张罗了两位老婆，结果全都早逝，胡总督又张罗了新的漂亮新娘，先生的大别墅让他败了干净，胡总督便帮他向状元李春芳借了钱，成了亲。先生想考科举，胡总督便亲自打点关系。

只是可惜先生这棵芦苇在二十一年前就没有了根，为他研墨的不是那个小心翼翼，照顾他情绪的她了，他又怎么考得中呢?

五

如果剧情到此戛然而止。

先生有贵人，有酒，有娇妻，有新生的二子，有举手投足间覆灭贼寇的战场，有琴棋书画，多好啊。

可是生活是最恶劣的编剧，总会让人想给他寄刀片。

先生的贵人，倒了。

是严嵩。

先生万万没想到，自己大骂的这个狗贼，真的倒了，却连带着带倒了胡总督。

往日里先生总提醒胡总督，不要跟这种奸贼走得太近，但还是牵连到了胡总督。这个意气风发的抗倭名将在狱中郁郁寡欢，三年后，他就带着严嵩党羽的骂名，死在了狱中。

先生这一生啊，靠山山倒，靠屋屋塌，他本来就有头风，拉他出困境的伯乐也死了，终于他失去了最后一点信念，他犯了狂病，用最后的才气，写下了一篇墓志铭，然后决定去死。

先生憋屈地过了半生，死也要慷慨激昂。他用斧子劈面，不死；拔出钉子捅入耳朵内，血流不止，不死；先生用锥敲打肾囊，不死……他这一刻像是一棵芦苇，最卑贱的芦苇，怎么样都难以被扯断，先生自杀了九次，都未成功。他不知道有没有顿足长叹，贱命一条，死不足惜，却偏偏难死。

可第二年先生，又走进了杀妻的困境中。

六

有人说，先生当初名头太盛了。

当初先生进寺庙中上香，他穿得破破烂烂惯了，自然难被迎客僧礼遇，于是先生起了杀心，在歌姬处住宿，拿了她一双鞋，找到胡总督，说是从僧人处得到的。

无比信任先生的胡总督想也不想，立刻抓来僧人三名，不由分说地拖出去砍头，完全没想到此事另有隐情。

可先生却似乎中了邪，先生善妒，娇妻张氏又长得美，纵使两人没有感情，可先生还是对张氏充满了控制欲。一日先生看到张氏坐在僧人腿上调笑不止，怒不可遏，拔剑就要砍死僧人，可再定睛一看，又消失不见了。

张氏不断辩解，先生才勉强相信。可隔了十日，先生再看，却发现张氏居然跟个英俊僧人睡在了一起。先生拔起烛台，将僧人刺死，可再一见，僧人又不见了，张氏形状惨烈。

这或许是先生的报应，谁知道呢。

先生入了狱，七年，让他白了头，随后的日子里，先生一直在颠沛流离。

命运总爱开最卑鄙的玩笑，他喜欢屈贾谊于长沙，喜欢投屈子于汨罗。他让竖子成名，让瓦釜雷鸣，他让廉颇老矣，他让冠军侯殇。

先生一次一次地被摧毁，对于一棵稻草，无需冰雪曝日，微风一缕就够了。而死亡，对先生是一种解脱。

他总会给父母上坟，穿过长长的田埂，走过土路，听过草丛间的虫鸣，先生看着几处坟，前面是父亲的，旁边是母亲，再那边是二娘，还有大娘。两位兄长在那里，他的第一任妻子埋在潘家，那家人已经不认得自己了，他勉强地叩头，将父母坟中的坚硬石子摘出去，怕硌到他们。

先生总会看着一处处坟墓，他知道自己也将过去，命运最终会在他身上获得胜利。

但是还不是今日，他还有一支笔。

或许先生是一个无名小卒。

或许先生出生于平凡，注定要默默无闻。

但是先生不甘啊。

我这有这一腔热血，每天夜里都在燃烧，血液里的才华在肆虐咆哮，我见过山河，日月与千军万马，凭什么区区科考，就想阻拦我发出声音，凭什么让我亲友凋零，就让我对命运帖耳俯首？

我不服。

先生从出生开始就见到了剧本，先生至死仍是少年意气。

少年不服。

先生写过的诗、画、曲，变成了一柄尖锐的长矛，先生是独狼，是孑然一身的游侠与赤子，注定要与整个文坛搏斗，至死方休。每一日，每一夜，都在死扯着死亡与权势的遮羞布，先生曲有《四声猿》，汤显祖甘拜为师；先生画有《墨葡萄图》，郑板桥甘做门下之徒；先生雨中醉草书，又作《阙篇》，撞碎一时月，饕餮晚明风流。

命运尽力了，却没能拦得住先生闪耀。

这是整个中国历史上最苦的读书人，却写出了少年屠戮巨龙的故事。

七

万历二十六年，袁宏道在陶望龄府上做客，夜深了，即将睡去，他想找本书做睡前读物。巧的是，他是公安三袁之首，书架上的所有的书自然都滚瓜烂熟了如指掌，于是他信手一抽，抽到了一本被灯油熏黑的册子。

这是什么？

他翻开这本名叫《阙编》的册子，才看了几首诗，就惊坐而起，叫醒了陶望龄，这人是谁？

“我的老乡，徐渭，前几年刚死。”

两人一同看起册子，越看越惊，连仆人也被惊醒，袁宏道又读又叫，最后他敬佩不已，决定要给徐渭做个传，让他的书画、事迹，还有他写过的曲目，都扬名下去。

“先生从不是生不逢时，先生一扫文坛的庞杂鄙陋习气，历史会有公正的定论。”

八

徐渭从不是什么样的徐渭，徐渭只是先生，是他自己。

你也一样。

←

徐渭

♂ VIP 2

生于：公元 1521 年 3 月 12 日

代表作：《墨葡萄图》《四声猿》《南词叙录》

主页 **文章**

影响力 查看》

状 态 **命很大是一种怎样的体验？** 昨天 03:00 更多》

2
关 注

345
粉 丝

3216
微 博

@某奴仆：天哪！老爷又自杀了！这是第九次了！

@徐渭 回复 @某奴仆：不好意思，我还是没死。

@诸大绶：你说说你，这都什么些事，放宽心，多出去走走。

@徐渭 回复 @诸大绶：毕竟我是个八次科举都没考上的人，好不容易做了幕僚，老板也被构陷死了，你说我咋这么衰呢？

@吴兑 回复 @徐渭：都五十多岁的人了，别在意这些，有空来北方散散心吗？

@徐渭 回复 @吴兑：好的，就来。

昨天 03:01

蒙面大咖 NO. 8

一个有经世治国之志的学者

第三章

论落榜与成为畅销书作家的必然联系

◎ 文 / 琴城野老

“万物都是因为有情才存在的，我要开创一个教，就叫情教！”

在开出这个新脑洞之后，江南苏州府某人气作家又增加了一个新头衔：情教教主。

这不是他关于言情这个话题的第一个脑洞，当然也不会是最后一个。在此之前，他已经在文艺界圈粉无数，在粉丝的心目中，他就是言情小说的人气天王、虐心教父、神脑洞制造者、经典金句量贩机。

更逆天的是，这个站在言情界巅峰的男人还是个写作全才。他不仅言情小说写得好，历史演义、话本小说、笔记小品、戏曲散曲，甚至是科举辅导教材，几乎样样都下笔如有神。

对于人气作家来说，他光辉灿烂的履历表可能只差一件东西就圆满了，那就是——文凭。

说起来，这也算是当时江南文坛有名的一件奇葩事儿了。要家世有家世，要才华有才华的人气作家，偏偏就是考不中科举。从少年时考中秀才开始，人气作家每年都参加乡试，然而每次都不幸落榜，就这样一直考到了五十多岁，不要说进士了，连个举人都没有考上。

虽然人气作家的书每一本都很畅销，但是在那个以科举榜单论英雄的年代，没有文凭就进不了官场，进不了官场的读书人，在普通大众的观念里和普通人也没什么区别……

很多人表示理解不能：这么有才的一个人，为什么会频频落榜呢？

这个问题，拿去问不同的人，会得到不同的答案。

如果去问人气作家的家人，他们可能会回答：都是早恋惹的祸。

人气作家出身于一个书香世家，虽然不是泼天的富贵，但家庭条件和教育环境都还不错。在良好的家族氛围影响下，他和家里的几个兄弟年纪轻轻就成了吴中有名的才子。

听说，“才子”这个词和“风流”总是最配的。人气作家本人就是一个典型的风流才子。早年的他沉迷烟花之地不能自拔，有一大车的红颜知己，这些红颜知己经常在他的作品中友情客串，留下姓名的真人原型有十多人。

这些佳人里面，有个色艺双绝的妹子，是人气作家的真爱。她不但长相逆天，还很有才情，个性也很鲜明，可以说在每一点上都满足了人气作家对于梦中情人的要求。他狂热地迷恋上了妹子，对她动了真情。

本来呢，这会是一个经典的才子佳人故事，然而，故事并没有朝着“才子和佳人最终幸福地生活在了一起”这个好结局而发展。

妹子最大的心愿是脱离风尘之地，她最终找到了一个富豪做男朋友，实现了华丽转身，从良了。

人气作家由于失恋而大受打击，写了很多思念妹子的诗文，而且从此再也不去逛青楼了。

人气作家亲友团总结：热恋的时候没工夫复习科举，失恋的时候没心情复习科举，还考什么试哟！

不过，有失就有得。人气作家长年泡在秦楼楚馆，获得了很多接地气的创作素材。他交好的这些烟花女子，几乎每一个都是有故事的人。人气作家从不鄙视她们的身份，也向来不把那些条条框框放在眼里，他深深地同情这些活在社会底层的人，并且把他们的故事生动地记录了下来。

这也正是他的作品本本畅销的一个重要原因。真实的人间，其实并没有那么多才子佳人终成眷属的美好结局，更多时候展现出来的，是一个个曲折凄婉的人生缩影。

比如人气作家的一部经典之作，写的是一位才貌双全的青楼女子，她与一个书生两情相悦，但书生却无力为她赎身。后来她被老鸨卖给纨绔子弟，饱受摧残，终于抑郁成病，又被纨绔子弟抛弃，送回了青楼。几番折腾下来，她很快就病死了，因为没有钱财购买墓地，甚至连入土为安也成了问题，她的棺材停在郊外，迟迟不能下葬。

这就是人气作家亲眼见证的真实故事，他同情这个女子的遭遇，四处奔波联系她生前交好的朋友，合力捐资，将她妥善地安葬。他把她的故事写成小传，虐倒了无数的读者，收获了无数的热泪。

如果科举考试考的是小说创作，那人气作家妥妥能拿个状元。可惜，科举考的是八股文。

但是，要说人气作家不擅长八股文应试，他的粉丝也是不服的：别以为我们家大神只写言情，我们家大神还写过专业科举辅导材料呢。

这就是发生在人气作家身上又一个让人百思不得其解的奇葩事件了。由于他参加了很多次科举，屡战屡败，屡败屡战，自己也总结出了一套经验。他把科举应试的考点和备考技巧写成了好几套参考书，广大士子纷纷抢购，当成备考红宝书一样用心研读。

于是，大家就看到了一个奇特的现象：读过他写的参考书的人，个个都成功中举了，而人气作家本人，还是屡考屡落榜……

虽然说要评价冰箱不一定自己会制冷，能写出好教辅不一定自己能考中，但这样的结果，实在是有点戳心窝子。人气作家自己也没法解释这到底是为什么，只好继续坚持报考，至于每次都落榜的郁闷，就靠更多的创作来疏解。

所以，从某种程度上来说，落榜，也算是刺激人气作家作品高产的一个原因。

他一生创作的作品有五十多种，长篇中篇短篇，小说戏曲历史，应有尽有。

手速快，不断更，从不坑，质量还有保证，这样的良心写手可以说是世间少有了，不红都没天理好吗？

但是话又说回来了，这个世上还有句话叫人红是非多。人气作家虽说很有才气，也很有名气，但抹黑他的人也不少。

抹黑人气作家的主要的方面有两个，一是说他写的东西太俗，二是骂他作品的观点太离经叛道。

那年头，俚词小说话本子之类的作品，在文人圈里普遍是被视为不上台面的。一本正经的八股文、格律严谨的诗词歌赋才是众人心目中高雅的阳春白雪，像人气作家写的这些通俗文学，大家都觉得只有市井小民才喜欢看，难登大雅之堂。

再说了，正统的文人们讲究的就是一个含蓄，情情爱爱什么的，一般都会表达得委婉点儿，用词要有水平，才能显示出文学的典雅。

然而，在人气作家的创作理念里，从来就没有“含蓄”这一说，他的文风是这样的——

“你说我负了心，无凭枳实。激得我蹬穿了地骨皮，愿对威灵仙发下盟誓。细辛将奴想，厚朴你自知，莫把我情书也当破故纸。想人参最是离别恨，只为甘草口甜甜的哄到如今，黄连心苦苦地为伊担心，白芷儿写不尽离别意，嘱咐使君子切莫作负恩人。你果是半夏当归也，我愿对着天南星彻夜地等。”

连中药名都能别出心裁地编成情话，还写得这样热情似火、缠绵悱恻，除了这位在市井烟花之地浸淫三十年的大神，也没谁了。

这种文笔，普通老百姓看得津津有味，但要是拿给保守派的老学究们，他们是完全接受不能的，说不定还要痛心地怒斥几句“有辱斯文”。

但人气作家才不管这些，他认为礼教束缚都太虚伪，只有人世间的真情能教化众生。要写情，就要大胆放飞自我，还原人与人最真实的本性。不需要华丽的辞藻，更不能写得过于艰涩，就是要通俗易懂，才能打动人心。

他不但要写“俗”书，还发表了很多在当时看来惊世骇俗的观念。

就拿读书人无不尊崇的孔夫子来说，人气作家曾经在自己的作品中公然写道：“又笑那孔子这老头儿，你絮叨叨说什么道学文章，也平白地把好些活人都弄死。”

这么耿直地嘲讽，还用这种气死人不偿命的口吻，明摆着不把传统道学、文人同胞们当成目标读者群了……

举人团体表示：连儒家的祖师爷都骂，你考不上科举一点也不冤！

又比如说，对于几千年来普遍流传的男尊女卑、“女子无才便是德”这种观念，人气作家也提出了反对意见，他公然放话说，有智慧的女子比我们这些老爷们强多了。

为了证明自己的观点，他还特意写了一本《闺智》，专门收录历朝历代有才智的女性故事。

类似于这种挑战传统礼教底线的理念，在人气作家的作品中比比皆是。礼教说人有高低贵贱之分，他就浓墨重彩地歌颂平民小人物的机智与情义。礼教说婚姻要“父母之命，媒妁之言”，他就提倡自由恋爱，鼓励有情人大胆追求幸福。礼教说女人要三从四德，他就塑造出一个又一个独立坚强的女性角色，把她们的人生写得光芒四射……

没人知道人气作家的科举答卷是否跟他的畅销书是一个文风，照畅销书这个犀利和叛逆的程度来看，除非他能临场精神分裂出一个循规蹈矩的人格，否则，还真是完美闪避了科举取士的所有得分标准。

没有举人文凭的人气作家，也就等于没有进入官场的敲门砖，只能靠着在馆塾教书混口饭吃，他的业余时间全部用来写书，顺便赚点外快。

在科场的失意，加上人气作家对于世事变幻、人情冷暖的亲身感触，全都化为了一个个引人入胜的故事，书中那些人物的悲欢离合，俨然就是最真实的人间百态，这种超有代入感的阅读体验，也让他的作品广受大众欢迎。

不仅如此，有很多人甚至把人气作家奉为人生导师一样的存在，这是因为人气作家在年岁渐长之后，不再满足于以单纯的爱情故事为主题，他有了新的追求：总结古今的成败得失，让读者从书中得到教化。

在这个创作初衷之下，他编纂写出了自己这一生的巅峰之作——《古今小说》系列丛书。

听名字就知道，这是一套白话短篇小说集，相当于古代的《故事会》。全套一共三本，每本精选四十个古今故事，有凄美动人的爱情，有真挚深刻的友谊，有对黑暗世道的勇敢抨击，有对世俗礼教的讽刺挑战，有三教九流各色人物的笑与泪、浮与沉。

作为一个通俗文学界的扛把子，人气作家不但故事写得引人入胜，营销套路也玩得特别好。这套书的第一本问世时，他就开始给后面的两本预热了，方法是让出版商在扉页上打个小广告，大概意思是：人气作家某某某为你精选一百二十个好故事，先发行第一本，精彩后续敬请期待。书的目录之前，还题着“古今小说一刻”的字样，这样一来，广大读者都知道肯定还有“二刻”和“三刻”，胃口一下子就吊起来了。

人气作家向来是畅销的保证，这套书毫无悬念地又大卖了一回。其中有很多特别精彩的短篇，也成了脍炙人口的佳作。最难得的是，这些故事在嬉笑怒骂间还能引人深思，具有强大的指导人生的作用。

比如，有很多少女对“如何辨别渣男”这个话题很感兴趣，她们可以从《杜十娘怒沉百宝箱》《金玉奴棒打薄情郎》里找到很多鉴定渣男的参考标准。

还有人爱看惩恶扬善、大快人心的爽文，那么《灌园叟晚逢仙女》《沈小霞相会出师表》都是热门推荐。

喜欢看纯纯的爱？《卖油郎独占花魁》《玉堂春落难遇夫》《唐解元一笑姻缘》为你讲述经典爱情，要浪漫有浪漫，要凄美有凄美，悲剧喜剧各种结局，充分满足不同口味。

喜欢看悬疑探案？可以瞧瞧《十五贯戏言成巧祸》《陈御史巧勘金钗钿》《三现身包龙图断冤》，保证剧情够反转，案情够离奇，阅读够过瘾。

除了故事好看，让人入迷不能自拔，书里的很多词句也特别经典，简直可以说是金句如云，光名言警句就能抄一大车。

有些句子直到现在都很有大众知名度，比如“宰相腹中撑得船过”“巧媳妇煮不得没米粥”“冤家宜解不宜结”“人心不足蛇吞象”“逢人且说三分话，未可全抛一片心”……几乎每一句都是金玉良言。

要不怎么说人气作家和普通的畅销书作家不一样呢，人家码的字可不是光好看，还有营养。

也正是因为这套书有教化读者、警醒世人的特性，后来，人气作家就给它们改了三个超有文化的书名：《喻世明言》《醒世恒言》《警世通言》，合称“三言”系列。

“三言”曾经大卖过，也曾经被很多自居儒家正统的顽固人士视为低俗小说，甚至还曾经遭到过禁毁。然而，真正的好作品生命力总是很强韧的。这部深受市井百姓喜爱的作品，在漫长的岁月中顽强地流传了下来，最终成为古代通俗小说的一部扛鼎之作。

而人气作家冯梦龙，也成了中国通俗文学史上一个熠熠闪耀的名字。

也许是上天非要跟这位才华横溢的作家开玩笑，冯梦龙这辈子始终都困在“落榜”这个魔咒里挣脱不开，他终其一生都没能考上举人，要不是当年的朝廷对于久试不第的老士子们有一个安慰奖，可以通过补录贡生的方式曲线当个芝麻官，他可能就彻底和官场无缘了。

五十六岁那年，他补了个贡生的名头。

六十一岁那年，他被任命为寿宁知县。

六十五岁那年，他任期届满，结束了这段短暂的仕途。

正经做官只做了四年，“闲书”却写了一辈子，很难说到底是冯梦龙的文学天赋造就了落榜的宿命，还是落榜的宿命成就了他的文学天赋。他是传统士大夫眼里的异类，也是明代文坛的一代奇才，他和他的畅销书，五百年了还照样有热度，大明科场欠他的这个满分，早已在万千读者的心目中补足了。

←

冯梦龙 VIP 5

生　于：　公　元 1574 年

代表作：《喻世明言》《警世通言》《醒世恒言》

主页　　**文章**

影响力　　查看》

状　态　　**今天不想更新了。**　20:00　更多》

32
关　注

569800
粉　丝

2625
微　博

@冯大大今天更新了吗：跪求大大更新，刚到精彩的地方啊！

@陷在深坑的粉丝：求大大更新，十个铜板够吗？

@冯梦龙：看你们这么努力催更，我还是不想更。

@侯慧卿：先生……

@冯梦龙 回复 @侯慧卿：这是你不在的第一百天了……

20:12

蒙面大咖 NO. 9

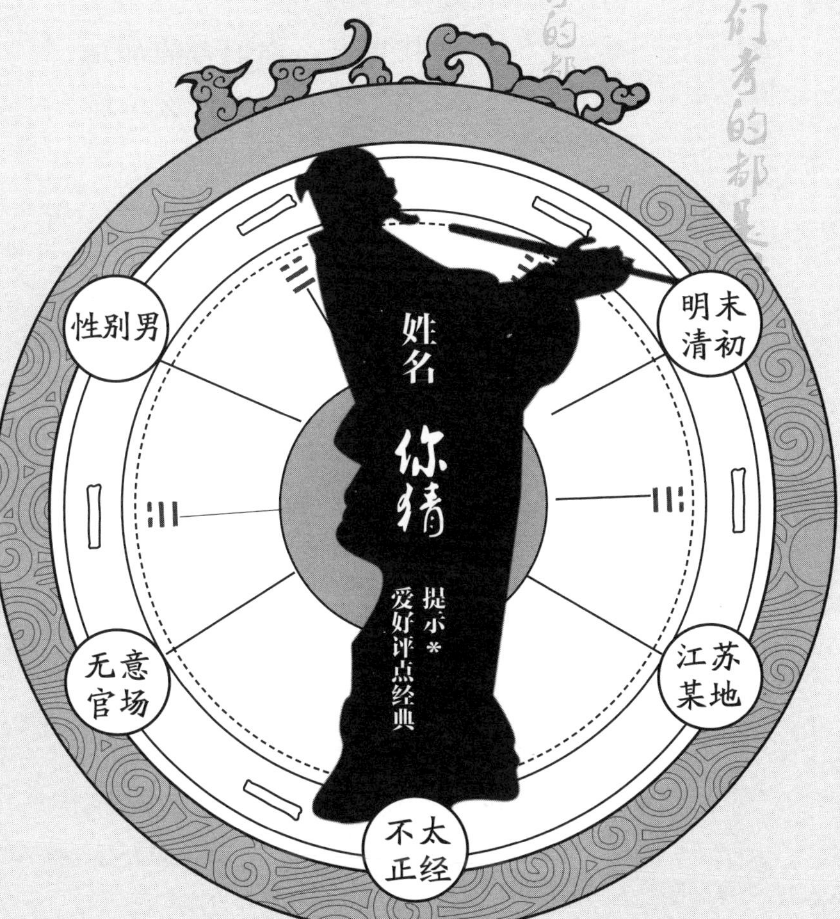

一个放荡不羁狂傲的才子

第四章

恕我直言，你们考的都是什么垃圾

文/明戈

明末有个小孩，聪明得不得了。聪明到什么程度呢？你可以参考下你五岁时候，是不是连九九乘法表都没背会？而这个孩子，人家五岁就能熟背唐诗宋词了，吟诗作对更是不在话下。可以说是纯天然无污染活生生的古代版别人家的孩子。

这孩子不仅聪明，还古灵精怪十分调皮。怎么个调皮法呢？八岁的时候，有一次上课，老师声情并茂地教大家诵读《关雎》。

“关关雎鸠，在河之洲。窈窕淑女，君子好逑。”

呀，你看这个意境，多美好。俊男美女，满是初见爱情的喜悦。

结果这孩子拿起笔，就把原句给改了。老师一看还挺开心，呀呵？不错啊，会二次创作了。结果拿起来一读，差点没气晕。

“关关雎鸠，在湖泥鳅。左右游游，哧溜哧溜。”

小孩得意洋洋地仰着小脑袋等夸，老师上去就是一巴掌。

“滚。”

小孩不仅有才，还特别真性情。七岁时，他读到杜甫的“亲朋尽一哭，鞍马去孤城”，联想景象，不由得难过了十天。

还有一次他曾站在一口深井边，要将手中的瓦片扔入井中。但转念想到，一旦将瓦片扔入，它便永远不可能出井。犹豫许久，在井边号啕不止。

后来小孩长大了，十五岁，正是一翩翩美少年的年纪。人家不玩泥鳅也不哭了，打算去参“童试”。换到现在，就是相当于“初升高”。

是不是已经脑补出一部高中学霸美少年用逆天智商席卷高中的青春纯爱电视剧了？不，咱们这位男主角，纯粹就是去考着玩玩的。毕竟这种考试对他来说，根本没什么难度。

和他一起去考试的，还有一位叫俞绪嘉的老者。都考了几十年了，死活就是考不上。于是年年落榜，年年考，千锤百炼。结果俩人在去考场的路上，突然遇上个算卦的。

老者一看，不行，我得算上一卦，不然心里不踏实。少年就上去劝，这都是骗人的，骗的就是你们这些老人，封建迷信要不得啊。老者一个白眼：小屁孩懂什么。

不算则已，一算惊人，卦相竟然是大吉！老者一看，这么多年……我终于要当秀才了，大吉大利啊！哈哈哈哈！

提示：老人是心脑血管疾病的多发人群，忌大喜，忌大悲。

老者还没乐完，就面色一白，哆嗦着晕过去了。

少年：我就说这签不准。

他手忙脚乱地把老者扶起来，按人中与泼凉水齐飞，人工呼吸共心肺复苏一色，终于把老者救了回来。

老者醒后第一句话就是：快，快去考场！

于是少年连背带扛地抱着老者就去了考场，结果考官一脸公正严肃地把他们拦在了门外。

“对不起，你们迟到了，请明年再来。”

再次提示：老人是心脑血管疾病的多发人群，忌大喜，忌大悲。

“我万一活不到明年呢！”

眼看着老者两眼一翻，又要晕死过去，少年连忙去跟考官求情：“您网开一面，救人一命胜造七级浮屠，再说尊老爱幼是中华民族传统美德，您就大人不记小人过，宰相肚里能撑船……”

“好好好，这样吧，我给你出个对子，你能对上来，我就让你俩进去。”考官看这一老一小也不容易，就松了口。

“好好对，听着没？”老者“嗖”的一下蹿起来。

“诶，你不是晕了吗？”少年一脸蒙。

“听好。”考官微微一笑，“开关早，关关迟，放过客过关。”

这小考官别看貌不惊人，没想到内力深厚啊！少年不禁赞叹了下。高手过招，就如同武林对决，一招一式都是讲究。

可少年毕竟是主角光环和天资过人加持的主角，稍稍思索了下，也微微一笑。

“出对易，对对难，请先生先对。”

“妙妙妙！”考官差点没惊掉眼睛，连连鼓掌，立刻放他们进去考试。

少年虽然答得晚，但丝毫不影响状态，轻松拔了头筹。

由于待着也没事，第二年，人家就决定去考“拔贡”了，也就是我们所谓的高考。

别人都是玩命复习，点灯熬夜，头悬梁锥刺股，背书背到三更天。可我们这位天才，毫不在意考试，一点都不紧张。考试当天更是橡皮都没带，拿了根笔就去了。

少年展开试卷，只见上面只有一句话：“吾岂匏瓜也哉，焉能击而不食。”这句话是出自《论语·阳货》，意思是说我岂能像匏瓜一样，系在藤蔓上，只能看不能吃呢？也就是主张要积极入世。

那么他是怎么回答的呢？他挥起大笔在试卷上画了个和尚和一把剃刀。

没错，他画了幅画。

这就相当于你在高考作文纸上做了幅命题画，还洋洋自得老子真厉害，判卷老师不踢你两巴掌都算他上辈子是美术老师。

我们的考官还算有礼貌。

“何解？”

少年一咧嘴：“匏瓜劈开了就是瓢，这不就是秃瓢和尚吗？我这幅画就是说，在国家危难之时，他没有站出来，而是选择了当和尚，出世了，跑了。有意有形，真是完美。”

考官点点头：“有道理。”

“是不是很有想象力？”

考官微微一笑：“请你有想象力地滚。”

少年觉得自己的才华受到了侮辱：哼，让我滚，我偏不！我明年还来！

于是，他又有了第二次高考。

这年的题目很有意思，很玄学，也是一句话：“如此则安之动心否乎？”

这怎么能难得住我们的天才？只见他稍加思索，“刷刷刷”几笔下去，在别的考生还未落笔之前，就已经答完了试卷。

完美，又是提前交卷。

考官闲着也是闲着，就拿起来看了眼。就这一眼，可以说是一眼万年。

只见试卷上洋洋洒洒地写着："空山穷谷之中，黄金万两；露白葭苍而外，有美一人，试问夫子动心否？"

嗯，这都很正常，不正常的在后面。

"曰：动动动动动动动……"共计三十九个，少年怕老师查不明白，还贴心地标了出来：小计，三十九。

"何解？"考官觉得自己的声音有些颤抖。

"穷乡僻壤中，有黄金万两，郊外无人处，有美女袅袅，敢问孟子动不动心？孟子说：动。"

"为什么是三十九个？"

"因为孟子说过：四十不动心。那四十之前都应该动啊。"

考官笔都拿不稳了："真优秀。"

"诶，过奖过奖，承让承让。"少年一拱手。

"承让个屁！滚！"

就这样，这场扯淡无疾而终，少年又被赶出来了。

可我们的主人公怎么是个轻言放弃的人呢？他不在乎考取功名，可独独在乎考试交卷的那一瞬间，自己的才华得到完全释放的那种爽感。

考官：你是看我抓狂才爽吧。

不出意外的，他又有了第三次考试。

这次考题的字更少，只有五个字："孟子将朝王。"

呀嗬？字挺少啊，小样，这就能难住我了？于是提笔写了四个字就交上去了。

切，你出五个字，那我就答四个，看谁能刚过谁！

考官一看他又晃晃悠悠来交卷了，脸都绿了，赶紧祈祷别又整什么花花蛾子。

可考官祈祷晚了，只见卷子上四角分别写着一个大大的“吁”字。

呦？这又是哪出？是要给我变魔术啊？

“何解？”

“孟子写的人太多了，出现的频率也高，仅《梁惠王》这一章里就出现了四十多回。所以孟子二字就不需要多解释了。”

“你说不解释就不解释啊……”考官小声叨叨。

“什么？”

“没事没事，你继续。”

“至于王，齐宣王梁惠王，一堆王，还有说的必要吗？”

“哈？”

“所以这五个字里，只有‘将’字勉强可以写一写。在戏剧里，每当王将要上场的时候，总有四个侍卫拿着旗帜分别站在舞台四角喊吁来壮声势。”

“试卷就像舞台，四个角就是举旗的侍卫，意思是王将登场。”

“……”

“老师？老师你怎么了？”

“话……”考官觉得自己有点喘不上来气。

“话什么？老师你还好吗？”他连忙冲上去摇了摇老师的肩。

“话筒给我塞他嘴里！灯光！给我往死里打！还跟我整戏台！你跟我扯犊子呢？”考官终于提上来了这口气，不要形象地站在桌子上没命喊着，“滚！给我马上滚！”

“还来了三次！你哪来的自信？”

我们的男主再一次被撵了出去，可他一点都不难过，反而哈哈大笑。如此严肃认真的考试，被自己一再戏谑，岂不快哉？落榜什么的，有所谓吗？

在第三场考试结束时，我们的男主就已经很火了，走到哪里都引人注目。

全国高考零分作文新鲜出炉

零分作文是谁

零分作文还是他

零分作文之走近他背后的故事

有的人夸他真性情，不拘一格；有的人骂他戏精，就是为了火而炒作。

但我们的男主可不管，于是在一片争论声中，他又参加了第四次考试。

这次的考题只有四个字，“西子来矣”。题意的要求是评说越国西施出使吴国的史实。

这次我们的天才没只写三个字，比起上次来说写得还真不少：“开东城，西子不来；开南城，西子不来；开北城，西子不来。开西城，则西子来矣。西子来矣。

“来个屁。”

还是熟悉的配方，还是熟悉的味道，还是熟悉的滚。

就在男主和科举玩得正开心的时候，大明灭亡了，清人入主中原。

这意味着什么？原来的高考都是自己国家里的小打小闹，题太简单，开开玩笑也是自家门前的事。现在改朝换代了，这就上升到了民族气节的问题。他一个书生，怎么也是没有能力和勇气去力挽狂澜的，所以只能去考取功名，然后绝不入仕途为清朝卖力，来表达自己的忠心赤诚。

而事实证明，男主就是男主。当他正经八百地认真起来，没谁能拦得住。戏谑轻佻的眼睛里满是认真，笃定而有光。

他怕自己被拦在外面，于是改了名字，以一个新的身份重新科考。

这次的试题为：“原壤夷侯，阙党童子将见。”

他微微思索，答卷中写道：“原攘夷侯，夫子以杖叩其头，原攘三魂渺渺，七魄茫茫，一阵清风，化而为阙党童子。”

考官看到又是他，差点没当场晕倒。可当他看了作答后，简直佩服到五体投地。

“哎呀，深藏不露啊。”

并在其试卷上批曰：“如此奇才，岂可不中。”

而后，他也如自己所说，绝不入仕，开始专心当起批评家，评说起著作来。也正是因为如此，才有了惊世的“六才子书”，他不是在搞学问，而是随着自己的理解，由心评说。

后来他的才华传到了清帝顺治的耳朵里，顺治大为赞叹：文采斐然！旷世奇才！百年一遇！

男主也特别感激，觉得终于遇到了知音，而且让人激动的是知音还是当今皇上！可他的心里是十分矛盾的，因为自己早就说了绝不入仕，所以面对皇上的赏识，他万分感激。可由于自己的誓言，却不能当官效力，所以就有了著名的朝北叩首，以谢隆恩。

公元 1660 年，男主的家乡新来了个知县，任维初。这家伙是个实打实的贪官，搜刮民脂民膏，到处征苛捐杂税，还买卖仓米中饱私囊，放到现在能拉出去枪毙三百来回那种。

正当大家不满的时候，顺治帝得天花，一下子去世了。男主便带领大家前去“哭庙”，打算一边缅怀先帝，一边弹劾任维初。

可没承想这任维初有靠山，叫朱国治。人家是封疆大吏，相当有权。于是官官相护，就把男主等十八人抓起来，扣了个“惊扰先帝安魂”的帽子，斩首示众。

我们的男主是什么人？那可是调戏考官长大的。于是他在牢里继续发挥了考场上的优良作风，在斩首之前悄悄招呼狱卒来，说有要事相告。

狱卒一脸八卦地来了，男主小声说：“花生米与豆干同嚼，大有核桃之滋味。得此一技传矣，死而无憾也！”

狱卒：你调皮这一下很开心吗？

男主又说了：“我耳朵里有两张银票，等我死了以后，就归你了。”

狱卒大喜。

斩首那天，男主终于没有了主角光环，披头散发地和妻儿见最后一面。

孩子即将失去父亲，痛苦不已，男主嘿嘿一乐：“别哭，我给你们出个对子啊？”

儿：“爸爸，你都要死了，能不能别闹了。”

男主眉头一皱：“这怎么是闹呢，来，上联是‘莲子心中苦’。”

儿：“我没心情对，我太难过了。”

男主：“好吧，那我自己对。下联是“梨（离）儿腹内酸”。”

妻儿哭得更惨了。泪眼婆娑中，男主人头落地，滚了三滚。

狱卒看到耳朵眼掉出来的两张纸，以为那是银票，连忙跑上前去捡起来打开，只见一张写着“好”，一张写着“疼”。

男主一生任性搞怪，放荡不羁。他不在乎科举，不在乎功名，也不在乎生死。

就连他在死之后，还留下来了个哭笑不得的笑话，让人连眼圈泛红都弯着眼睛，笑过之后又鼻尖微微发酸。

公元 1905 年，科举被废。这期间，科举还举行了两百多场。可这两百多场，再也没有一个嬉笑怒骂敢说敢做的身影。

不过我猜他在另一边，那个没有仕途忧患和明清气节的世界，应该可以放心大胆地参加每年的科考吧。边拿着毛笔龙飞凤舞，边嘲笑别人迂腐不堪，变着花样地写着答案。

“考官好，我叫金圣叹。恕我直言，我的答案最厉害。”

←

金圣叹 ♂ VIP 5

生于：公元 1608 年 4 月 17 日

代表作：《沉吟楼诗选》《唱经堂才子书汇稿》

主页 **文章**

影响力 查看》

状 态 **哼，好疼哦。** 01:50 更多》

225 关 注

9652 粉 丝

1598 微 博

@刽子手：这个犯人真的皮。

@顺治：啊，你下来陪朕了。

@金圣叹 回复 @顺治：是的，陛下，臣下来给你写文章了。

@金圣叹：我觉得好多东西都写得挺垃圾的，哎。

@金圣叹：哎，一个个点评修改可累了。

@金雍 回复 @金圣叹：父亲，您就是管不住自己这张嘴。

@金圣叹 回复 @金雍：你这小兔崽子，再说一遍？

01:56

蒙面大咖NO. 10

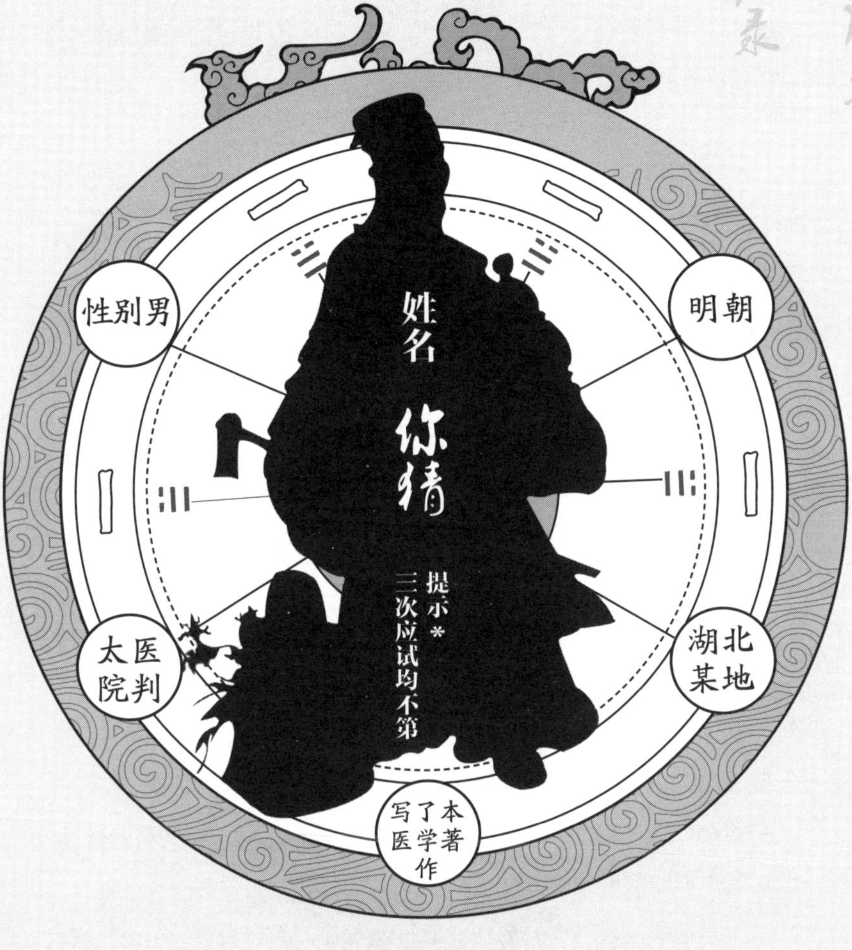

妙手仁心

第五章

名医养成记录

◎ 文 / 白斩鸡

他从出生起，就被父亲寄托了厚望。

还是个娃娃的他，就时常被父亲叫去，懵懵懂懂的，手里捧着一本字都不认识几个的书，父亲在旁边教他，他便咿咿呀呀地学着，小脑袋晃呀晃，从日出到日落，不曾停歇。

有时，父亲会一边欣慰地看着他，一边说："儿子，有朝一日，你可一定要考上功名，出人头地啊！千万不要再重蹈为父的覆辙了。"听到这话的他就会停下来，歪着头眨着眼看着父亲，好似听懂了，又似乎没有。

重蹈什么覆辙？他没想过，也没想过去想。只知道父亲要他考取功名，那他便用功读书好了。

于是他便抱着这样的想法一日日地学着，不分寒暑，无论昼夜。

可是渐渐地，他发现念书并不是件简单的事。

小小的他，不喜欢书上那些密密麻麻、绕来绕去的文字，好像魔咒似的，一看就令人犯困；他也不喜欢写枯燥无味的文章，随便套个模板的东西，有什么意思？

他更喜欢的是躲在后面，看父亲与那些奇奇怪怪的人。

就比如此时，有位老妇人被搀扶着颤巍巍地走进来，女儿一脸着急地在旁边说些什么，他看见父亲问了那女儿几句话，又仔细瞧了瞧老妇人，然后提笔写了张纸，那女儿一脸欣喜，拿着纸便匆匆走了。

不一会儿，门口又来了位年轻人，面色苍白，好像在忍受着巨大的痛苦一般，连站着都十分吃力，而父亲见了他，手搭在年轻人的手腕上，眉头皱着，仿佛在思索什么，许久都没有说话。

不久后，又有人一脸焦急地走进来，与父亲低语了几句，父亲提上箱子，匆匆与那人出门离开……

蒙蒙眬眬的，他觉得这样的父亲很特别，很有意思。

后来，他听说，父亲是在给人治病，被大家称为名医。

可治病是什么，名医又是什么？

他用他小小的脑袋瓜想，却怎么也想不明白，于是他决定亲自问一问父亲。

可父亲却只说："你暂时不需要想这些，安心读书便好了。"

但他并不是这么好打发的。充满着好奇心的他，偷偷跑到父亲的书房，翻开了那些看起来好像不太一样的书本。

于是，新世界的大门就这般打开了。

他一边依旧认真地读书，一边却忍不住津津有味地读那与众不同的书本，日子渐渐这样过去，谁也没有发现他的秘密。

慢慢地，他知道了，所谓治病，就是当他难受痛苦的时候，有人会来赶走那些难受痛苦。而名医，就是像父亲那样的、能轻易就将那些难受与痛苦赶走的、很厉害的人。

十四岁那年，他迎来了人生中第一次重大的考试。

父亲看起来很紧张，提前了几日便同他收拾好了行李上路，生怕来不及赶到黄州府而错过考试。

赶考的人很多，亦有许多孩子在长辈的陪同下前来，在长辈殷切而饱含期待的目光中走向考场。

进入考场时，忽然有什么声音在他耳边回响。

“考取功名，出人头地。”

他忽然想起这是父亲的寄予他的愿望，他理所应当要实现，不是吗?

展开试卷的一刻，好似天地都安静下来。

考试紧张，可放榜更令人紧张。成绩出来的那天，他看见考场外那块拥挤的人群一片混乱，有人考得好，喜极而泣；而有人考得不好，愁眉苦脸，唉声叹气，甚至放声大哭。

站在外围的他，头一次生出了退缩的心思。不知道为何，他心想，若是考不上，他就……他就……

可他还没有想出个所以然来，便有人告诉他，他通过了考试，成为一名秀才。

常人言，天道酬勤，想必他是幸运的。

他忽地松了一口气。

应当是高兴的，他看着比他更高兴的父亲，这样想。

但若想步入仕途，院试只是迈出的一小步而已。

回到家，还有更漫长、更艰巨的苦读等着他。

可他隐隐觉得，心里有什么不一样了，当时一晃而过的某个想法，似乎要破土而出。

但事实上，一切如常。

日子好像又回到了从前的样子，平日里父亲依旧早出晚归替人看病，而他则在书房里专心致志地念书。

他仍是时常看父亲的书，如今他渐渐懂事，也知晓那些有意思的读本其实是父亲的医书，只要熟读这些，就能成为像父亲那样的医生。

悬壶济世，救死扶伤。

他以为，他的路必定是通往官场的，那是父亲所希冀的他的未来，自始至终都不可能与那些医书扯上关系。

可他没有想到的是，事情的转机竟来得如此之快。

一日清早，他刚睡眼惺忪地起来准备开始一天的课程时，父亲忽然将他叫住，用过早饭后，父亲领他去了出诊的地方，还拿出了医药方子让他誊抄。

他愣住了，见父亲竟真没有开玩笑的意思，赶紧接过来，在心里偷偷乐开了花。

像是誊写什么珍宝一般，他照着父亲写的方子，认认真真一字一字地誊写。

自那之后，他每隔几天便同父亲一道出诊，在旁边帮忙，时常有不会的地方，在父亲耐心的解答下，他也一一明了起来，加之医书上的注解，很快，在医馆他便得心应手起来。

耳濡目染下，他对医术的兴趣越来越深，却不敢表露，只能深埋在心里，不让父亲发现。

因为他知道，他记得，父亲的愿望是希望他步入仕途。

于是他只好偷偷地学，偷偷藏起父亲的医书在夜里对着烛光细细品读，而一旁，是久久没有翻动过的应试之书。

有一天，有户人家因家人病重，派人来请父亲出诊，于是医馆中只剩下他一人守着。

无聊中，忽然有两人踏入医馆，可一想到父亲不在，无人出诊，他只好打算婉拒两位客人，请他们明日等父亲回来了再来。

可那两位却直摇头，他仔细一看，才发现其中一人的眼睛肿胀，而另一人声称腹泻不止，是一刻也等不得了。

他想了想，只好说："如今我父亲不在，但我跟着父亲学习已久，若是你们信得过我，就照我开的方子服药，如何？"

那两人想了想，便答应了。

等夜里父亲回来后，看见了一张他从未开过的药方，一时疑惑，便问了他。得知他擅自开药给病人，父亲非常紧张，连连问他详细的情况，生怕他开错了药。

可他照着那两人的症状一五一十地回答之后，他发现父亲的脸色渐渐缓和下来，听见父亲的夸奖，他心下也十分开心。

"或许，其实我也是在医术上很有天赋的？"

他第一次这样想，心里有了奇妙的自信，十分高兴，研究那些医术愈发认真起来。

但因此荒废了读书的他，终于栽了跟头。

那时候的科举分为四个等级，通过了院试的他几年后迎来了乡试，出发时，他的心里不是没有忐忑的。近几年虽说是在准备这场考试，但实际上究竟读了多少书，只有他自己知道。

是否能考过，说实话，他自己也是没有底的。

但是没办法，硬着头皮上吧。

但这次，展开考卷看到考题的一瞬，他便预感到了结果。

果不其然，他落榜了。回家后，他低着头，不敢看父亲的眼睛。

他不知道该怎么向父亲解释考试的失败，父亲坐在房里，没有说话，久久只是叹了口气。

“下一次我一定会考过的。”

忽然，他听见自己这样说。

“考取功名，出人头地。”

在之后许多个夜晚挑灯苦读时，他这样对自己说。

为了能兑现自己许下的诺言，他甚至连医馆都强迫自己很少去了。他的书桌上消失了医书的痕迹，堆满了考试必读的书本，一本本取下，读完后又一本本摞起。

春夏更替，冬去春来。

第二次考试的日子很快就到了，这一次，他想，他是有准备、有底气的。

可天意就是如此捉弄人，好似与他作对似的，落榜的消息再度传来，他忽然开始怀疑起了自己。

“我或许真的不适合读书？”

但正所谓，事不过三。

“再试试吧。”他听见父亲这样说。

“好。”他决定再试一次。

第一次考试没过，算自己不认真；第二次考试没过，算……运气不好？这第三次再考，再复习一次，总不会还不行吧？

然而真的不行。

这一次他冷静了许多，也冷漠了许多，好像已经习惯了，接受了这样的结果。

那一夜，他看着父亲，似乎觉得父亲老了许多。

他知道，父亲的梦，碎了。

那未来该怎么办？他究竟是应该继续准备，直到考上的那一天，还是就此放弃，寻找工作呢？

夜里，他躺在床上，辗转反侧。

他想起了幼时羡慕地看着父亲救死扶伤的身影的自己；

想起了过去偷偷津津有味地在书桌下偷看医书的自己；

想起了年少时跟随父亲在医馆认真地誊抄方子的自己；

悬壶济世，救死扶伤。

这才是他的梦。

他的梦，并没有碎。

“我想像您一样，成为一位医者。”

他这样对父亲说。

“可是我不想。当初想让你考取功名，为的就是能出人头地，不再受他人欺辱。”父亲疲惫地说，“在这世道行医太难，我不想你受苦。”

“可我不怕。”他坚定地回答。

因此就这样，他终于如愿以偿地走上了行医的道路。

但他距离自己的梦想，还很遥远。

年纪轻轻的他，开始一心一意地跟随父亲学医。

他很开心，也很满足，当然也很努力。真正接触了医术之后，他才明白自己过去接触的不过是皮毛而已。不仅如此，他更深刻地明白，没有见过足够多的病人与病症，他是永远也无法进步的。

而积攒丰富的经历，所需要的只有日复一日的时间。

一晃，十几年便这样过去了。

那一年，他38岁，迎来了人生的巨大转折。

他的父亲虽曾被封为太医院吏目，但后来还是回了老家，因此他跟随父亲行医，亦不过是在民间。

那时因富顺王朱厚焜的儿子病重，却无人能医治，所有人都十分着急。一筹莫展之中，不知谁提到了句“听闻蕲春县有位名医，医术了得”，抱着死马当活马医的心态，富顺王派人将他请了来。

有名医父亲的教导，又因为积累了十多年从医的经验，他见惯了各式各样的疑难杂症，不出多久，他便医治好了富顺王的儿子。

一时间，他名声大显，百姓中无人不知晓他。

按理说，成名使人骄傲，是世人都逃不过的心态。

但他显然是个例外。不如说，他压根没有把成名这件事放在心里。

脑子里心心念念只有医术的他，在成名的第二年，做了一个决定。

他要自己动手整理一本有关草药的书。

原因无他，只是因为在自己行医的这些年中，时常因翻找药草典籍而苦恼。许多医书因为年代久远，经由许多代人誊抄，出现了许多错误，在查阅与使用时，常常给他带来不小的麻烦。而如果每次查阅一味药草时，都要核对不同的典籍，工作量也过于巨大。

因此，不如自己亲手制作一本药草典籍，详细记录下每一味药草的气味、药性与所治病症，不仅能帮助自己梳理知识、理解药材，而且整理成册之后，查阅更加方便，亦十分实用。

于是，说干就干，他立刻就开始着手了。

不过这书也不是说写就能随便写的，他想了想，决定以《证类本草》为蓝本，同时参考各类不同的医书，开始动笔。

然而一个人的藏书终是有限的，可想要寻遍天下的医书，对任何一个人来说，几乎都是不可能完成的事。

但好在，这次连上天似乎都在帮他。

为了感激他对儿子的救命之恩，不久后，在富顺王的推荐下，楚王朱英裣将他招入麾下，授奉祠正一职，并同时管理医务方面的事务。

于他而言，奉祠正不过是个空有虚职的跳板罢了，因着这块跳板，几年后，他经人推荐，进入了他父亲当年曾工作过的地方——太医院。

太医院可谓是当时医者从医的最高殿堂了，能进入里面的，都是当时各省各地十分有名的名医。

级别高，竞争也就大。

但他的心思，却好似微妙地跑偏了。

在太医院当院判，对他来说是全新的开始。在那里，有着更多他不曾知道的珍贵药材，因此他也非常珍惜这次难能可贵的机会。借着能够出入太医院药房的权力，他仔细研究了各地的药材，有哪些是他不认识的，有哪些是容易错用的，又有哪些是长得太过相似不易区分的，都一一牢记下来。同时，太医院的藏书库成为他更为广大的书房，不同于父亲的藏书，这里的典籍更多，来自全国各地，凝结了各个地方名医的心血，异常珍贵。

他知道，不会再有比这里更好的地方了。

于是，在太医院的几年，成为他开阔眼界异常迅速的一段时日，在这里所学的一分一毫，都为他编纂的药草书大大丰富了内容。

当许多人都在为了进入太医院而挤得头破血流的时候，某天，他却忽然辞去了太医院的官职，回了家。

他将在太医院所学的药材知识悉数整理，归结成册，看着比过去完善了太多的书，他感到十分满意，但开心之余，他知道书中仍旧有许多缺漏与不确定的地方。

行医许多年来，他养成了凡事必要亲自尝试体会才能下定论的性格，因此对于书中的那些不确定，他又做了个决定——亲自去那些药草生长的地方观察记录。

到底会是怎样，只有自己试过了才知道。

古有神农尝百草之说，而他，也要亲自尝一尝那些草。

他去了许多地方。

翻过了连绵不绝的大山，只为一试那传说中的药草；蹚过了宽阔湍急的河流，只为验证古籍记载的真假。

他走过晴日雪天，曾被困在山上几日而不得出；他历经春暖秋凉，曾因被野兽追赶而慌乱逃命。

若有人为他喊一声苦，想必他是不乐意的。

没有人像他一样，见过大雨后豁然开朗的天空与绚丽彩虹；亦没有人像他一样，品过从悬崖上倾泻而下的流水的清冽与甘甜；也没有人像他一样，体会过跋涉千万里，亲眼看见药草，提笔记录下它的形状与气味时的喜悦。

寒来暑往，风雨无阻。

漫长的二十七载，他一个人走过。

他花了大半辈子编纂这本药草集，前前后后历经约四十年，直到很多很多年后才被世人所知晓。

也许他的初心并没有想那么多，只是因为想要做，便去做了，只是一不小心，花的时间久了点。但他对医术的初心确实自始至终都在的，从他还是个小孩的时候，看着父亲伟岸的背影时便种下了。

虽然当年有过犹豫与挣扎，但也许命运便是这样冥冥中定下的，最后他还是走上了行医这样一条道路。

会不会有另一个世界，那里的他考取了功名，在朝中为官一生？

世人永远不会知道了，他们知道的，只有他留在人们心中名医的大名，与他呕心沥血完成的那本书。

于他而言，这样便是圆满了吧。

←

李时珍 ♂ VIP 3

生于：公元1518年7月3日

代表作：《本草纲目》

主页 **文章**

影响力 查看》

状　态 **一个萝卜一个坑，我深深植根于医学坑中。** 09:06 更多》

65 关　注

5693 粉　丝

2659 微　博

@朱厚焜：谢谢先生治好了我儿子的病。

@朱英裣：先生有意向来王府就职吗？

@李时珍：谢谢各位大人的美意。

@李时珍：在皇宫里待了一年，学到了很多东西，是时候出去了。

@李时珍：我决定要编写一部医药典籍，考察过程中。

10:21

蒙面大咖NO. 11

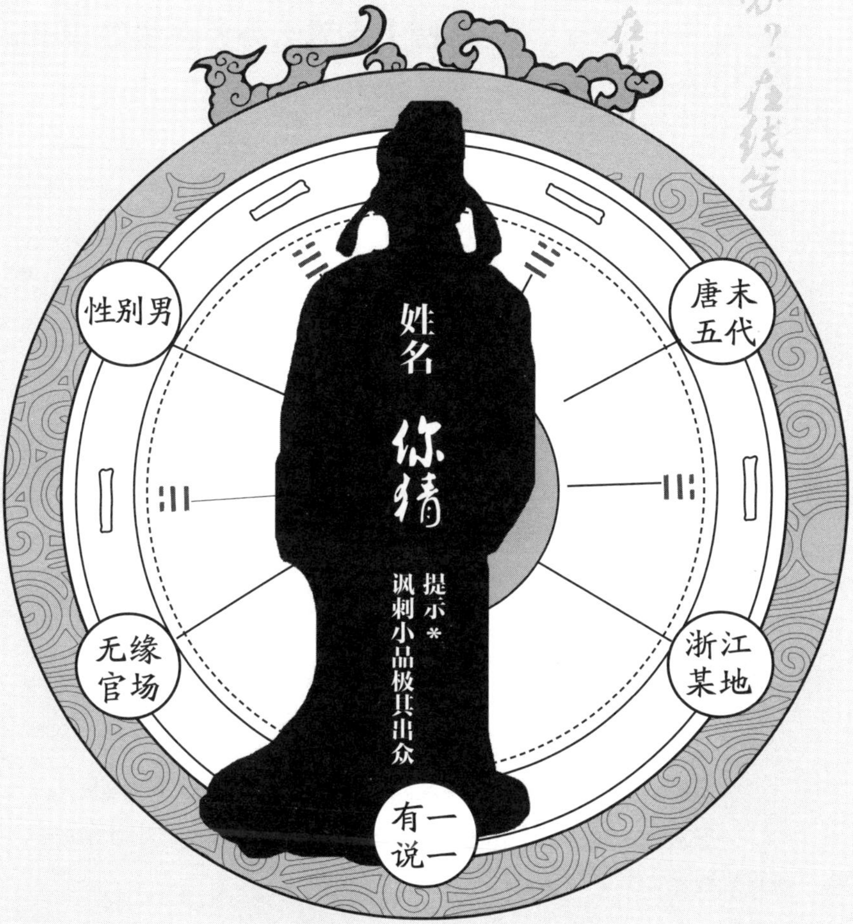

才华出众却十次不第

第六章

落榜十次怎么办？在线等

◎文 / 狸花喵子

这一年，刚满 27 岁的才子踏上了进京考公务员的旅程。

他自信满满，意气风发，因为家乡父老送他的“江东才子”这顶高帽可不是浪得虚名。

《唐才子传》说他“少英敏，善属文，诗笔尤俊拔，养浩然之气”。你听过“今朝有酒今朝醉”吗？你听过“任是无情也动人”吗？你听过“采得百花成蜜后，为谁辛苦为谁甜”吗？你听过“时来天地皆同力，运去英雄不自由”吗？

没错，这些千载之后依然脍炙人口的名句，全是才子的作品。

一般来说，才子总是和佳人联系在一起，我们这位江东才子自然也不例外。

就在他抱着一举折桂的豪情向京城进发的路上，途径钟陵时，他遇到了一位特殊行业从业者——云英妹子。

云英并非只靠皮肉吃饭，她还才思敏捷、长于应对，令他印象深刻。当青年才俊遭遇风尘才女，是不是应该发生点儿什么？

意外的是，关于这场艳遇的记述非常言简意赅，就此告一段落。

没有私订终身，没有奉金助考，没有非君不嫁，没有棒打鸳鸯，也没有什么百宝箱。

云英妹子没有喜闻乐见地和才子看对眼，这是为什么呢？

我们不得不提出一个揣测：才华再大，也要看脸。

不能怪咱阴暗，关于这位才子的颜值硬伤，是有证据的——在为他才华心折的佳人之中，有一位的来头非常之大，是当朝宰相的女儿。宰相千金自从读了才子的诗，茶不思饭不香，白天黑夜抱着诗集吟诵个没完没了。

宰相大人发现女儿成了这小子的仰慕者，心情一言难尽。要不怎么说姜是老的辣呢，他不打、不骂，也不苦口婆心。为了帮女儿防沉迷，宰相大人直接来了一招“堵不如疏”。

就在某一天，江东才子带着自己的作品上门求见宰相的时候，宰相大人跟女儿说：“闺女，你偶像来了，要不要跟爹来看一眼真人？”

宰相千金小鹿乱撞，脸红红地隔着帘子望了一眼，看清了才子的模样。

然后就回屋了。

从此，千金屏蔽了这位才子的诗。她表示：对不起，小鹿死了。

情场失意，考场是不是就该得意了？并没有。

原因之一是：除了长相抱歉，这位才子还喜欢贫嘴。

某次他泛舟湖上，兴致大好，高声吟起诗来。船夫赶紧跟他说：“嘘，这里有朝官呢。”

也不知道才子是不是喝高了，居然更大声地嚷嚷道：“什么朝官！我用脚趾夹笔，都顶得上他们好几个！”

请问：躺着中枪的朝官，是听见了，还是听见了呢？

多年后，当朝廷听说了才子的大名，准备破格录取的时候，当年同船的朝官说起了酸话："哟，这位才子啊，架子大得不得了。他要是进了官场，我们这种人，都该被他踩成秕糠了呢。"

于是，破格录取这事儿，黄了。

还有一回，才子准备去投奔淮南节度使。你以为接下来的剧情就是摧眉折腰事权贵了吗？不不不，这位才子是个有性格的才子，他跟节度使一言不合，一拍两散了。

在一拍两散之前，才子还嘴上不肯饶人，在墙壁上写了一首诗，对节度使搞封建迷信活动的行为进行了无情的嘲讽，任人围观。放下笔，拍拍屁股，连夜乘船跑了。

节度使也是个挺孩子气的家伙。他看见了那首诗，气得七窍生烟，马上发船去追才子。追啊追，追啊追……直到看着才子的船消失在地平线，实在追不上了才悻悻而归。总而言之，才子是把这位贵人给得罪到家了。

又有一回，才子的才华惊动了皇帝本人。皇帝亲自考虑录用他，没想到又有大臣跳出来说："这个才子啊，才华呢确实是有那么一点。可是嘴巴实在太毒了，陛下，就连您爷爷的爷爷的爷爷的爷爷那样的千古明君，都被他写诗骂过！您不知道啊，他们这种公共知识分子，就是靠骂人来博眼球的，要是把他弄到您跟前杵着，整天监督您的一言一行……不如您再考虑考虑？"

皇帝是个善于纳谏的好皇帝，听完觉得有理，立刻把才子的名字给勾掉了。

要知道，在才子的那个时代，考公务员是一件可以光明正大走后门的事。那会儿走后门还不叫走后门，叫作"干谒""行卷"。

换句话说，就是考生各凭本事，找人脉拉关系，带上作品去拜见实权人物。要是你谈吐不凡、作品亮眼，贵人一高兴，说不定直接就给你内定一个好名次。

比如玉真公主本来已经内定了一个年轻考生，没想到又钟意了王维这位色艺双绝的少年。没关系，公主马上把之前的内定给取消了，强推王维当状元。

要是后门走不通，考生还可以炒作自己呀。

比如陈子昂这位考生，高调宣布自己要买天价胡琴当众演奏。等到群众纷纷慕名前来围观了，他忽然操起胡琴一把砸烂，然后趁机一边发表演讲，一边把自己的诗文当传单散发出去。这等奇葩行径，让他的名字一下子上了头条，一举高中。

听起来似乎不错，比素质教育还要素质教育，彻底打翻了“一考定终身”。

然而，这也太容易钻空子舞弊了吧？

没办法，当时的群众具有历史局限性，并不觉得舞弊有什么问题：只要你有才华，随你走后门也好，炒作也罢，能舞得上去，就是你的本事。

可是，这样的世道对于我们这位才子来说，未免太不友好了。他明明有才华，却长得一言难尽，入不了贵人们的法眼；明明有名声，却是毒舌嘴贱的名声，让贵人们避之唯恐不及。

就这样，才子考场失意了整整十年。

从 27 岁初次赶考算起的 10 年间，才子 8 次获得考试资格，但是每一次都落榜而归。后来又不知道考了几次，自称一共考了十二三年，最终在《吴越春秋》里得到一个不忍直视的四字总结——十试不中。

落榜十次之后怎么办？

放心吧，落着落着，你就习惯了。

少年得意有什么用呢？才华横溢有什么用呢？你不能功成名就，从世俗意义上来说，你就是个失败者。即使是我们心高气傲的才子，也在年复一年的失望中渐渐接受了现实。他原本的名字是“横”，就此改名为“隐”。

考不中没关系，你还可以归隐啊；丢了官没关系，你还可以归隐啊。这是无数中国古代文青除死之外，最后的一条路。

才子漫游川陕，起了归隐之心。

这一天，不惑之年的他再次偶遇了当年初次赶考时遇见的云英妹子。

云英哪壶不开提哪壶，笑道：“秀才啊，十二年都过去了，还没考上呢？”

也许他俩的交往方式就是互相怼来怼去的吧，才子立刻不厚道地回赠：“钟陵醉别十余春，重见云英掌上身。我未成名君未嫁，可能俱是不如人。”

我确实没考出什么名堂来，你不也一样没嫁出去么？这是为什么呢？可能是因为咱俩都被别人比下去了吧。

才子不愧是才子，他这首诗一出来，“云英未嫁”就红了，成了一个沿用至今的成语。

至于那位拒绝录取他的皇帝，刚刚给一个耍猴艺人赐了绯色朝服，相当于四五品的官阶。仅仅是因为这个艺人耍猴耍得好，善博君王一笑。

听闻这个消息，才子心中的滋味，大约不亚于考公务员笔试第一面试第一依然被无情刷掉，然后听说被录取的是个文盲吧？

狂妄毒舌，让他考运多舛、半生失意。然而，也正是这份失意，让他愤世嫉俗的诗文在讽刺艺术上走到了前所未有的高度。后人因此评价他："三生金榜无名字，一卷唐诗殿本朝。"

可惜，再高妙的诗文也不能填饱肚子，落榜无数次之后，他辗转求人介绍工作，自荐信里满是谦卑与辛酸，同当年的他判若两人。也不知道曾经被他怼过的那些贵人们，会不会在背后窃笑：才子的那股耿介之气，终于被艰难的生计磨灭了。

一直蹉跎到55岁那一年，才子已经成了老才子，居然时来运转，遇到了一位对他另眼相待的异姓王。这位异姓王割据了半个江浙地区，也算得上家大业大了。

不过，中央朝廷看不上自己，就跟着割据王干，这样会不会有点名不正言不顺呢？老才子不是没有犹豫过。

隔壁卖盒饭的老太太对才子说："傻孩子，何苦在考试这一棵树上吊死？天下人都知道你有才，干吗在乎金榜题名那么个形式？站在道德高地上，冷不冷，饿不饿？放着现成的好工作好老板，还不抓紧机会！"

老太太这番话如同醍醐灌顶，才子一朝扬眉吐气，得到了前所未有的重用。老才子在这位异姓王手下充分发挥了才能，当官当得如鱼得水。甚至在他晚年卧病在床的时候，异姓王还到病榻前握着他的手亲切慰问，并在墙壁上留下两句话："黄河变清，我看还有可能。世间再出一个像您这样有才的人，那是不可能了！"

人生大起大落得太快。也许连才子本人都没想到，那个死活都不肯录用他的朝廷，竟然还不如他本人活得长。就在才子去世前两年，中央朝廷灭亡了，而他辅佐的异姓王正式建国。

对了，那位宁可让耍猴人当大官也不要才子的皇帝，后来怎么样了？

被篡位的给咔嚓啦。

罗隐

VIP 3

生　于：　公　元 833 年

代表作：《甲乙集》《谗书》《两同书》

主页　　**文章**

影响力　　查看》

状　态　　**科举，打扰了。**　　昨天 14:00　　更多》

53
关　注

8489
粉　丝

9068
微　博

@王师范：先生不要方，落榜没关系，您的才气我们有目共睹啊！

@罗隐 回复 @王师范：过誉了，过誉了，嘿嘿。

@朱温：先生真的不考虑入职官场吗？

@罗隐 回复 @朱温：不了，不了。

@罗隐：呵呵！都是些俗人，今朝有酒今朝醉，明日愁来明日愁。

@路人：发生了什么？！

昨天 00:01

蒙面大咖NO. 12

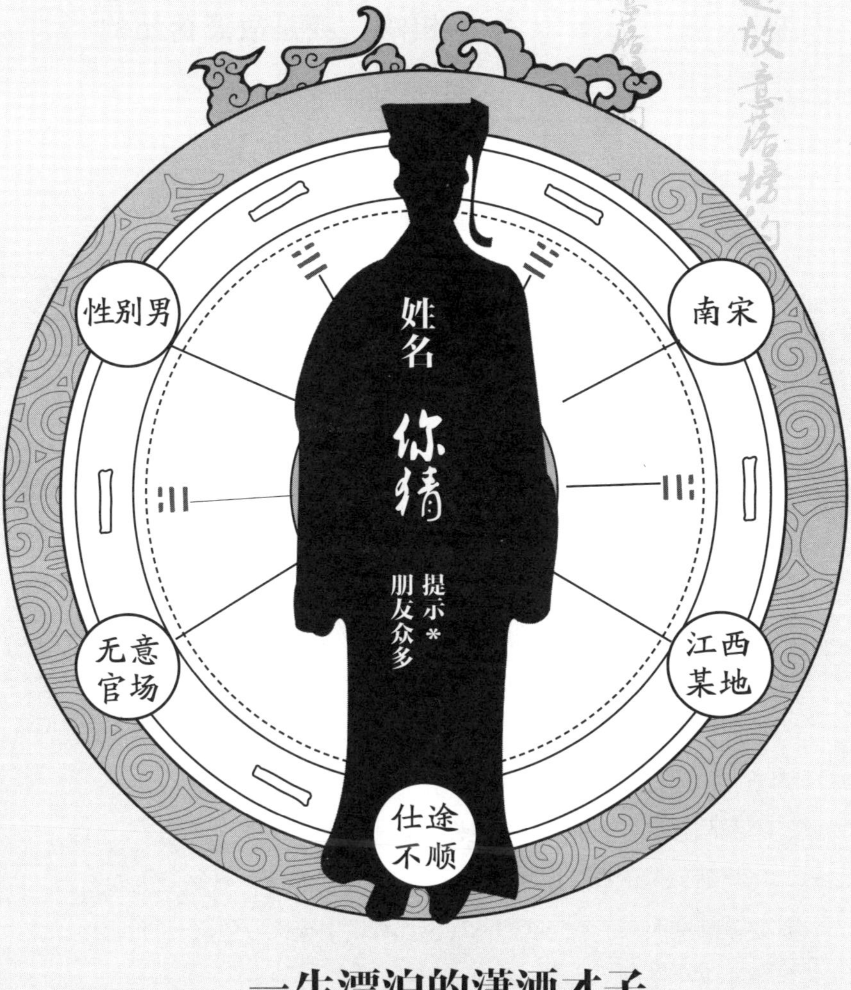

一生漂泊的潇洒才子

第七章

实不相瞒，我是故意落榜的

◎ 文 / 清夜月

论在古代，读书人如何成为一个人生赢家？

答案是去考试，州试省试殿试一路考上去，最终被皇帝接见赐官，然后开始熬资历，外州转一轮，京畿转一轮，朝内转一轮，最终当个宰相，主持一届科举，挖掘像当年的自己一样的人，最后功成名就桃李满天下，干到退休乞骸骨，回家混吃等死，拿个好听的谥号，故事结束，赚一点的，没准还能流芳千古。

所以那个时候，除了这人是头真的铁、心真的野，基本上每个读书人，都要去考上那么一轮。

鄱阳有个个小书生也是这样的，所以他去参加考试了。

当然，考试有录取的就有落榜的，古往今来，什么登天的通途都要差额录取，不然怎么能体现出那种优中选优万里挑一的气质？

小书生落榜了，第一次。

他觉得自己学问真的好，这次肯定就是运气不好，他才不信这个邪呢，他可是有梦想的人。

小书生去参加考试，第二次。

嗯，小书生落榜了，第二次。

这一次小书生有点怀疑人生，但是他看着自己写的诗编跟策论，还是觉得，哇，真的好，大概这次自己和主考官政见不同，或者主考官干脆不识字。

小书生去参加考试，第三次。

小书生第三次落榜了。

小书生把那张榜从头到尾看了一百零一遍，陷入了深深的忧郁，他觉得是不是他打开试卷的方式不对，或者主考官打开他试卷的方式不对啊？

但那话是怎么说的来着，事不过三，还有句话，苦心人，天不负。

小书生心想，不是都说古人诚不欺我吗，牙一咬，第四次去参加考试。

最后小书生落榜了，第四次。

小书生很生气，笔一摔，脸一拉，不考了！

当然，世界也没有那么残酷，不是说你一个读书人，念了一辈子书却考不上进士，你就只能晚景凄凉地死去。

更何况小书生不是个读死书的人，他通音律，会吹笛子会吹箫，还有几分才气，于是屡试不中的他，走上了另一条有点曲折，但听起来更高级的路。

虽然这条路不是他刻意选的，但是他确实只有这条路能走，毕竟他不甘心回老家街头当个给人写信的先生，每天为了一文两文跟人咬文嚼字，脑壳痛。

当然刚开始走上那条路的时候，他心里其实也是隐隐不安的。

这条路的走法是去羁旅天涯访问山川，当个隐士名士，交一堆朋友，最好的结局，是进入高级文人圈，山水烟霞过一生。

他不觉得自己是个能带着目的去与人相交的人，但好在他还年轻，总有耗费得起的时间。

大不了咱就当疯狂考试后的放松，再玩两年。

而小书生的运气其实很好，他认识的第一个朋友姓萧。

说是朋友可能也不太妥当，萧大诗人是他父亲的同辈，算起来是他叔叔，但是这并不妨碍两个人诗酒相交，一见如故。毕竟文人狂士，兴致来了最不在意的就是那点迂腐玩意儿，他写作萧叔叔读作萧兄的朋友不仅把自己哥哥的女儿介绍给他当媳妇，解决了小书生的婚姻家庭问题，还给他介绍了另一位朋友，介绍的时候把小书生夸得天上有地下无，怎么说来着？哦，学诗数十年，始得一友。

那个“另一位朋友”也是个很厉害的人，那时候他已经写了“接天莲叶无穷碧，映日荷花别样红”，看了小书生的诗文，也觉得哇，这小子写得好啊。好到什么程度呢？好到“尤萧范陆四诗翁，此后谁当第一功”。

一天三个人喝酒，都有点醉醺醺的，萧朋友和杨朋友问小书生，你学问这么好，怎么不去考科举啊？

小书生打了个酒嗝，说没劲死啦。

然后又说，我考了，落榜啦，八字不合，五行不工。

这几个人就都大笑起来，大概这就是只有他们这种人互相之间才能懂的心情。

要么怎么说，人生在世，需逢知己呢？

你说你真要去了个不适合自己的地方，周围都是一些听不懂自己说话的人，那得该有多寂寞啊。

所以小书生酒醒之后想，落榜就落榜吧。

小书生的朋友越来越多，无一不是当时著名的文人，除了萧朋友、杨朋友，他还有了范朋友和辛朋友，他们诗词唱和，酬答往来，著风雅之章，行狂肆之事。于是书生渐渐地觉得，这大概就是最适合他的人生了。

小书生在湖州一个风景优美的地方定居下来，择了山名为自己的名号，一时间更有种天地清气尽入我怀的狂纵。但即便是这样，他仍然觉得自己还没到彻底停下的时候。

于是书生又离开了湖州，他去了苏州，去了杭州，去了金陵，去了南昌，踏遍江南烟水，遇见过许多人，写过许多诗，而他停住脚步，是在合肥。

合肥的赤阑桥畔有一对姐妹花，温柔妩媚，笙歌婉转，用他自己的话说，就是“燕燕轻盈，莺莺娇软”。

那一年，小书生写的情词格外楚楚动人。

他和她们交往了很久，小书生想他是真的喜欢那对姐妹，但他也清醒地知道，他们之间只是才子佳人的故事，天涯客，梦惊鸿，踏水来，逐烟去。

所以他向她们道别的时候其实很平静，那对姐妹也明白他，所以并未有太多的挽留，只是又坐在烟柳桥畔，为他唱一首他写的歌送行。

小书生一路远去，那盈盈袅袅的歌声，却连续出现在他好几个梦里。

是他选择的离开，此后即便往复地怀念着这些情愫，也再未与她们见过一面。

就如同他们这种人总会有的浪漫主义情怀，既不能圆满，便让故事停在最温柔完满的时候，他自己知道的，他是狂狷的书生，是多情的才子，却不是值得托付终身的人。

如果当年小书生入仕成功，也许他仍旧会在家宴上见到这对姐妹，听她们丝竹管弦，浅吟低唱，也许他还是会喜欢她们，有能力把她们纳入自己的羽翼之下，和她们花下谱曲，月中烹茶。

但那就不是小书生了，不是现在的他了。

现在的他能给她们的只有他的词，他后来写的曲子里反反复复地出现合肥，小书生说，梦中未比丹青减，暗里忽惊鸟山啼。谁叫岁岁红莲夜，两处沉吟各自知。

小书生说夜长争得薄情知，春初早被相思染。淮南皓月冷千山，冥冥归去无人管。

但那些清愁浅哀的思念，终于也只属于他一个人。

朋友打趣他，说你这个人啊，餐冰饮雪，格高无情。

他大笑，我本天涯客，奈何惹浮萍？

还有一次小书生和朋友喝酒，喝着喝着，就又说起考试的事。

小书生也不是只有高官得意的朋友，他当然也有屡试不中的朋友，两个人互相倒着苦水，从主考官骂到考题，喝得高了甚至有点不恭不敬。

“你说怎么就考不上呢。”朋友喝得醉醺醺的直发愁，“你说怎么就考不上呢？”

小书生心想你问我有什么用，我这不也没考上吗。

但是到底张了张嘴没说出话，不是没想过考上了会怎么样，但是无论如何想这些都没有意义。就好像在雪化了之后掬起一捧水，虽然还是那些，却也不是那样了。

“你说要是考上了……”朋友继续扯着他絮絮叨叨。

“要是考上了……”小书生一口饮干杯中酒，看着窗外萧疏的竹影。

“要是考上了，我可能就不在这儿和你喝酒了吧。”

小书生也曾胸怀天下，梦系苍生，也曾踌躇满志，意气风发。

但有什么办法呢，人总不能被现实逼死，一条路走不通就换个活法，更何况他现在也过得并不差。

小书生是知道自己的，他知道自己如果身居庙堂，就一定写不出那些词、那些歌、那些诗。

“唉，我说，我听见清欢阁的明月姑娘，唱你的新曲子了。”朋友又倒上一杯，“是什么来着？哦，仗酒祓清愁，花销英气，芳草萋萋千里，一帘秋霁。”

“是‘芳草萋萋千里，天涯情味’。”

后来小书生旅途杭州，又遇到了他的张朋友，张朋友出身于武将世家，家底丰厚，倾慕他的才学，愿为他出钱捐官。

那时候他也已经过了十几年漂泊访友的生活。

不是不想停下来，而是小书生发现他已经没办法再走回到那条路上去。他仍然有年少时的梦想，但是梦想终于已经只是梦想，更何况他的骄傲也不允许他用这种方式再回到那个曾经拒绝了他的名利场中去——但这并不妨碍他们两个成为极好的朋友，有才学又懂生活的人，总是招人喜欢的。

“真不想？”

“真不想。”小书生点了点头，又强调一样地说，“真不用。”

他们相视一笑，又讨论起了他那几首自度曲的新谱。

终于几十年过去，风霜天涯，春秋羁旅。

小书生变成了大词人，写了很多词，谱了很多曲，虽然没有玉堂金马，满座豪奢，但也是名动江湖，风骚尽知。

大词人最后终于还是搬到了杭州，同张朋友住在了一块儿。杭州是个风花雪月皆有情的地方，很适合他，也适合他的梦。

一夜，大词人泛舟湖上。

“先生，我听说当年您也是想过入仕的？”与他同来的女子慢慢地拨着琵琶，三声两声的铮铮淙淙中随口问。

大词人怔愣了一下，好像记得是有那么回事。

其实现在想想，当年一腔热血，满腹才情，脑子怎么想的已经快忘了，只记得一次又一次去考试，一次又一次没考上，后来热血饮冰，漂泊江湖，虽然穷困寥落，却有此前从未想过的自由。

譬如此刻，江山清空，水天一色，湖上竹舸，红袖在侧。

“想是想了，这不是没考上吗？”

“啊？”温婉的女子惊讶地掩口，“怎么会呢？您这样有才学的人。”

“哈哈哈哈哈哈。”大词人仰头大笑，饮下一杯酒，随手将酒杯抛入了满湖的月色之中。

“文章信美知何用？”他望着那碎了又拢的月光，恍惚间天涯烟水，世事朦胧。

“实不相瞒啊小红。那年我是故意落榜的。”

望着女子惊愕的神情，大词人笑得更为狂肆，说真的，虽然那时候他并不知道之后他会有怎样的人生，但这些年漂泊江湖，他真的觉得，少年时刻那些往复，真是冥冥中有些“故意”，也许是另一个经历过一切的自己，没有明月也没有清风，没有《暗香》也没有《疏影》的自己，曾在他无数醒来不记得的梦里悄然低语。

“君之生际，在天涯，在山水，在雪光，在月色。”

←

姜夔

VIP 4

生　于：　公　元 1154 年

代表作：《白石道人诗集》《白石道人歌曲》《续书谱》《绛帖平》

主页　　**文章**

影响力　　查看》

状　态　　**二十四桥仍在，波心荡、冷月无声。**　23:00　更多》

783 关　注

5642 粉　丝

1256 微　博

@杨万里：尧章，有时间再来杭州玩啊。

@姜夔 回复 @杨万里：一定。

@辛弃疾：小姜，上次你给你的词，你还没填呢，记得哟。

@姜夔 回复 @辛弃疾：一定。

@姜夔：湖州风光真好。

@姜夔：合肥，也很好，你们，也很好。

00:06

第三卷

人设『崩塌』，大佬不为人知的另一面

Renshebengta

蒙面大咖NO. 13

一个有才华有气节的女子

第一章

家国飘零中的儿女情长

◎文 / 明戈

“有一个姑娘，她有一些任性，她还有一些嚣张。啊！我就是这个姑娘。”没错，扎着两个小辫，边仰望天空边哼歌的这位，就是我们的姑娘了，一个十分文艺的女子。

姑娘的父亲是进士出身，同时还是苏轼的学生，官至提点刑狱、礼部员外郎，相当于我们现在的外交官。母亲是状元王拱宸的孙女，姑娘的父母特别有文学修养，家里藏书多到堪比一个小型图书馆。

在这种家庭氛围中，姑娘得以整天在书海里遨游，在书山上奔跑，就连吃饭时也是咬文嚼字。

很快，姑娘的天赋被催了出来，她开始没事就写两首小诗感叹一下。她父亲拿过来一看，呵，厉害啊，不愧是我姑娘！

于是连忙昭告朋友想显摆一下：小女的新作，大家见笑了。

姑娘父亲的朋友看到了纷纷捧场叫好：“哇，甚是有你当年的风采。”

随着文圈一系列大佬的称赞与传诵，姑娘在整个都城炙手可热。

要知道，当时的文人才子可不少，怎么偏偏姑娘就如此得人赏识呢？

姑娘有才华不假，可更吸引大众眼球的是，这个姑娘不仅有才华，还桀骜不驯，潇潇洒洒，豪放洒脱，酒量非凡。

有才华的大家闺秀不稀奇，可这样让人眼前一亮的大家闺秀就很优秀了。

当年的诗仙李白是斗酒诗百篇的，姑娘没事也爱喝两口，诗词写得还好，你看看这巧不巧，老百姓能不对她感兴趣吗？

在群众一片“姑娘今儿喝多了吗”“姑娘喝多了写诗了吗”的发问声中，姑娘又写下了两篇新作：

常记溪亭日暮，沉醉不知归路，兴尽晚回舟，误入藕花深处。争渡，争渡，惊起一滩鸥鹭。

昨夜雨疏风骤，浓睡不消残酒，试问卷帘人，却道海棠依旧。知否，知否，应是绿肥红瘦。

第一篇主要就是写了姑娘和几个好朋友玩耍，喝得有点多，回来晚了，以至于忘了路，结果船开到人家荷花池子里去了，还吓飞了一群鸟。（友情提示：划船不喝酒，喝酒不划船。）

第二篇的意思就是头天晚上雨下得太大，虽然睡眠质量很好，但脑袋还是疼得厉害。她问丫鬟海棠花如何了，丫鬟却说开得挺好。姑娘纳闷啊，是不是瞎，是不是瞎？明明就剩叶了呀。

文豪们读完后又是纷纷赞叹：“写得太好了！”

“很有一番少女的灵动，妙哉。”

“实在是太俏皮。”

没过几天，姑娘又喝多了，再一次发表了新作：

莫许杯深琥珀浓，未成沉醉意先融，疏钟已应晚来风。瑞脑香

消魂梦断，辟寒金小髻鬟松，醒时空对烛花红。

寥寥数语，就把一个深闺女子独自饮酒的媚态勾勒出来——香都熏好了，妆也成了，可是，怎么没有少年郎呢？

一石激起千层浪，青年才俊们一个个摩拳擦掌。终于，在一次元宵节相国寺的花灯会上，某位公子吸引了她的注意。后经自己哥哥介绍，公子原来是宋朝左仆射赵挺之的儿子，和姑娘门当户对，两人一见倾心，当下就定下了终身。

由于事发突然，满城的青年才俊哀号遍野。

姑娘和公子婚后的生活很是幸福，二人用自己的亲身经历谱写了优美的婚姻画卷。虽然二人都是官二代，但家族都是素来贫寒，而且公子大学还没毕业，所以两人的日子也没有很富裕。

公子平日里就喜欢倒腾一些金石拓片。姑娘一看，呵，你说这巧不巧，我也喜欢啊！于是两人一起开始研究金石拓片来。

人嘛，有个爱好很正常，可夫妻俩这个爱好实在是太烧钱了。所以每逢初一十五，公子回家的时候，都会去当铺典当衣服换点钱，然后两人再结伴去相国寺的一条街溜达，最后回家对着买回来的碑文欣赏品评。

他们的座右铭是：没条件买，创造条件也要买。

两人从精神到爱好都极度契合，简直是教科书级别的神仙眷侣，羡煞一众旁人。闲来无事之时，二人便相视一笑，拿出小板凳，慵懒地依偎在一起，然后开始学习。

没错，学习。

姑娘发明了一种名叫“赌茶”的充满了文艺气息的游戏。

《金石录后序》中曾追叙：“余性偶强记，每饭罢，坐归来堂，烹茶，指堆积书史，言某事在某书、某卷、第几页、第几行，以中否，角胜负，为饮茶先后。中，既举杯大笑，至茶倾覆怀中，反不得饮而起。甘心老是乡矣！”

意思就是他们两个在吃完饭后，随便拿一本书，翻开一页，然后出题：“某人某事出自什么书？哪页？哪行？”经查原书，如果说对了，便可以先喝一杯茶。若是说错了，对方就直接泼茶于其胸间。

后人称之为：有茶香有墨香，雅致而不庸俗。

像这种有趣的小游戏，姑娘还想了许多，具体都在她 50 岁写出来的《打马图经》中。比如打马类似我们现在的飞行棋，而打马吊就是现在的打麻将。

话说回来，没过几天，公子出门游学了，这可愁坏了姑娘。她独自待在房里，也没人陪自己泼茶玩，太无聊了。

成，写东西吧。

姑娘酝酿好情绪，很快就写好了一首词。

红藕香残玉簟秋。轻解罗裳，独上兰舟。云中谁寄锦书来，雁字回时，月满西楼。花自飘零水自流。一种相思，两处闲愁。此情无计可消除，才下眉头，却上心头。

就是这首看似普通的词，让姑娘名声大噪。公子看到这句“才下眉头，却上心头”泪流不止，念及娇妻，办完事立刻奔赴家中，两人你侬我侬好不快活。

一日，沉浸在美满婚姻生活中的姑娘，终于想起来写新词。

奴面不如花面好，云鬓斜簪，徒要教郎比并看。

啧，你看看这娇羞，这情调，这洋溢出的甜蜜，仿佛我们已经可以预见到故事的结局，他们就像王子和公主一样，过着单纯、美好的幸福日子。

可天有不测风云。姑娘的父亲因为先前站错了阵营被贬官，而公子的父亲这几年来一直与蔡京争权，突然病逝，于是整个赵家被丢进了监狱。

虽然公子后来被放了出来，可两人生活水平一落千丈。原来就挺穷了，现在更穷，兜比脸都干净。为了减少开支，二人逃离了京城，来到青州。

日子过得清贫无比，但这对灵魂伴侣还是很开心，总体来看，这段时间可能是俩人婚姻生活里最开心的十年了。两人盖了座房子，取名叫“归来堂”，姑娘也给自己取了个笔名“易安居士”。可见他们对于现在这种贫穷但有滋味的生活有多满意。

《金石录后序》中写道：“后屏居乡里十年，仰取俯拾，衣食有余。连守两郡，竭其俸入，以事铅椠。每获一书，即同共勘校，整集签题。得书、画、彝、鼎，亦摩玩舒卷，指摘疵病，夜尽一烛为率。故能纸札精致，字画完整，冠诸收书家。”

他们相互支持对方进行文学创作。平日里，公子专心创作他的毕生心血《金石录》，姑娘就在一旁帮忙排版订正，简直是活脱脱的私人责编。另一边二人节衣缩食，搜寻古物古籍，为了换取喜欢的金石，可以三餐无肉。

在这十年里，没有姑娘，公子绝对写不出《金石录》，而没有公子，姑娘也写不出那么多的美好诗词。

没过多久，宋朝形势大变，公子被重新启用，二人再次聚少离多。

由于彼此思念过甚，常常遥寄书信，次数之多累死了一笼子鸽子。在书信流传出来后，里面最负盛名的一首便是姑娘的《醉花阴》。

“莫道不销魂，帘卷西风，人比黄花瘦。”在现在几乎是无人不知无人不晓。

可偏偏公子不解风情，还没等他读出来自己妻子的埋怨，就发现了另一个问题。

妻子太有才了，自己一定得配得上妻子的才情才行。

于是这场浪漫的锦书遥寄，生生变成了热血励志的斗诗。

公子用了三天三夜，生生写了五十多首，就为了把自己妻子比下去。写好后，他把姑娘的《醉花阴》混在里面，然后全都交给了自己的好友陆德夫品读。陆德夫也是个实在人，认认真真品读了三天三夜，然后说：“兄弟，我最喜欢三句。”

“愿闻其详。”公子还挺开心，毕竟三句，怎么也能中一句。

“‘莫道不销魂’‘帘卷西风’和‘人比黄花瘦’。”陆德夫一脸认真，公子内心受到了极大打击。

不过从这以后，公子更加地佩服姑娘，二人的感情也更好了。

像肖邦和乔治桑、梁山伯和祝英台一样，惺惺相惜的完美爱情总是不长久的。

大宋的江山越来越动荡，金人大举南侵，靖康之耻，兵祸四起。人们连自身的性命都难保，更不用说他们夫妇俩积攒了多年的金石了。

二人没有孩子，这些金石就像他们的爱情结晶一样，是断不可能丢下的。于是二人连忙收拾家当，装了满满十五大车的古董字画，南下逃难。

逃亡路上多艰难，这些个宝贝也丢失了大半。在途中，背负着亡国之痛和丧宝之痛的姑娘更是写下了那首脍炙人口的《夏日绝句》，来表达对南宋朝廷一味求和的强烈不满和对金人入侵的愤恨。

生当作人杰，死亦为鬼雄。至今思项羽，不肯过江东。

正当她振聋发聩地发出声音时，她一生中最大的噩耗悄然而至——丈夫染上恶疾，去世了。

姑娘默默流着泪，亲手埋葬了丈夫。两人一生相爱，虽然生活中有磕绊，却已经互相搀扶着走过了这么多年。在这颠沛流离之际，自己最亲近的人却离开了。姑娘看着丈夫留下的文物和著作默默发誓，一定要守护好他最爱的这些东西。于是她咬咬牙，独自带上东西继续赶路。

祸不单行，当她终于赶到南昌，准备投靠丈夫的妹夫时，金兵也赶到了，并攻陷了此地。姑娘终于走投无路，狼狈不堪。

这时，有一户钟氏人家收留了她。姑娘感激涕零，以为碰到了好人，终于能安稳一段时间了。毕竟她不缺钱，那些金石价值连城，只是缺少一个落脚点。没想到，一日清晨她醒来之后，却发现家里空无一人，而自己的金石所剩无几。

其实不怪姑娘没有保护好，只是这份托付太重了。宋徽宗都想收入囊中的东西，她一个瘦弱的女子，又如何守得住呢？可一次次的丢失，让姑娘痛不欲生自责不已，心头如同滴血一般。

最终姑娘彻底崩溃了，一病不起。这时，一个叫张汝舟的男人出现了，这是第二个对她说会照顾自己一生一世的男人。几年过去了，姑娘飘摇如萍，她渴望拥有一个平静安稳的生活。面对张汝舟无微不至的关怀，一个如此像她丈夫的男子，她动摇了，再三下定决心后，终于选择了再婚。

可这一次姑娘托付错了人，张汝舟并不爱她，只是觊觎她的钱财罢了。新婚三个月后，张汝舟露出了马脚，开始强迫她写诗词文章，卖钱养家。姑娘震惊不已，严词拒绝后，他甚至还变本加厉，辱骂殴打她。在姑娘企图反抗的时候，他终于说出了真正的目的——金石。

如果说前面的行为让姑娘无法忍受，那这句话便是触碰到了她的底线。亡夫生前最珍爱的宝物，她是断不可能交给其他人的。

作为一个弱女子，她做出了一个无比艰难的决定，告发丈夫科举舞弊的行为，这样就可以名正言顺地离婚，保住金石。但与此同时，因为举报亲夫，她要面对三年的牢狱之灾。

一个大家闺秀，出身名门的女子，需要多大的勇气才能违背纲常伦理，宁愿被后世所诟病，宁愿待在冰冷肮脏的牢房中，也要守住那一份诺言，不辱自己的初心？

所幸姑娘还有些旧友，在九日后把她救出了监牢。

终于，在年过半百的时候，她稳定了下来。可不过一年，战乱又起，她只得再次搬家。

字字滴血的《声声慢》便是她的自我写照。

“寻寻觅觅，冷冷清清，凄凄惨惨。”飘摇一生，疾风甚雨。姑娘如同一叶漂萍，兜兜转转，无依无靠，又零落四方。

60多岁时，她在远离故乡的一间小房子里，完成了亡夫的《金石录》，又补了一篇《金石录后序》，而后进贡给朝廷。

73岁的某一天，她独饮一杯薄酒，熄了红烛，望了望窗外正盛的海棠，散下三千银丝躺卧到床上。

她做了个轻轻的梦，梦见一位妙龄少女，撑着竹筏，在荷塘里与姐妹笑靥如花。

而后灯会热闹非凡，身侧的少年眉眼英俊，少女低着头羞红了面颊。

“我叫赵明诚。”

“我叫李清照。”

“我知道，我喜欢你很久了。”

老人面容安详，唇畔微微勾起，仿佛有笑。

那天天气很好，海棠依旧。

老人再也没有醒来。

←

李清照 VIP 6

生于：公元 1084 年 3 月 13 日

代表作：《易安居士文集》《易安词》

主页 **文章**

影响力 查看》

状 态 **云中谁寄锦书来？雁字回时，月满西楼。花自飘零水自流。** 昨天 00:00 更多》

459 关 注

153 粉 丝

2061 微 博

赵明诚：夫人……

李清照 回复 赵明诚：呜呜呜，夫君，咱们的收藏品全不见了。

张汝舟：我？

李清照 赵明诚 回复 张汝舟：负心男，滚远点。

张汝舟：……

15:01

蒙面大咖NO. 14

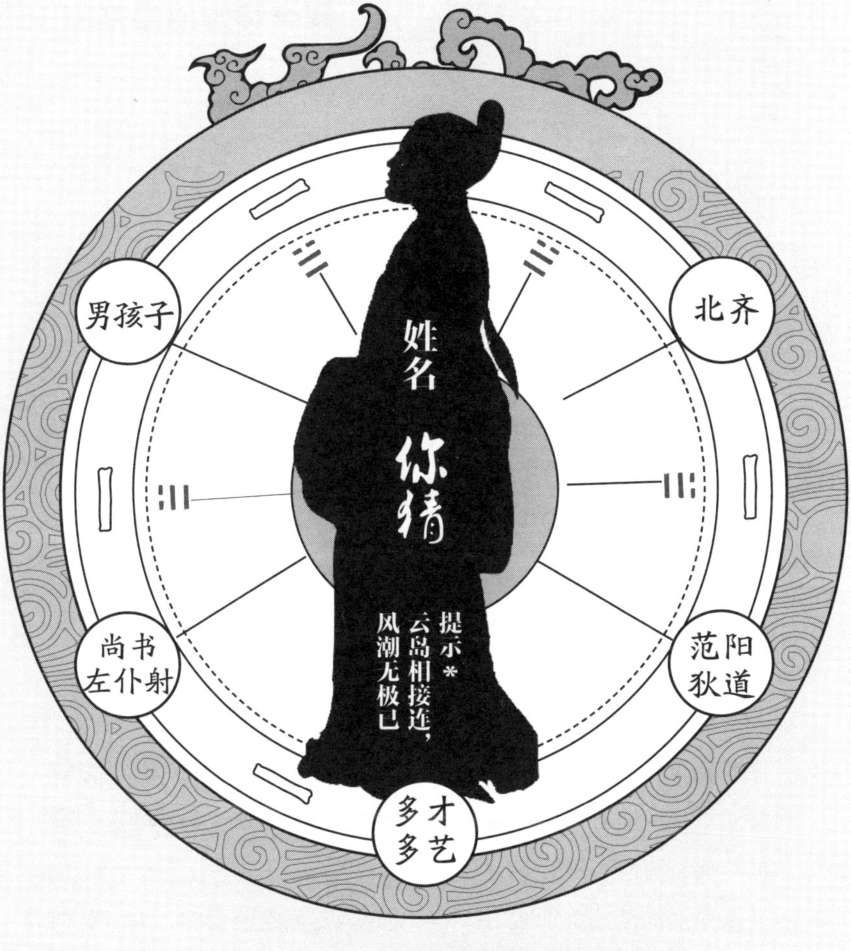

有点奇奇怪怪的小癖好

第二章

我有特殊的爱好

◎ 文 / 狸花喵子

谁是空城计的主人公？

恐怕十个人里有九个都会回答：诸葛孔明嘛。

然而，孔明真的没有干过这事儿。是罗贯中大人靠一杆移花接木之笔，把历史上一出真实的空城计无缝拼接到了《三国演义》里。

那么，想出真实版空城计的那个人，应该也能算得上是不输于孔明的天才了吧？

故事就得从这位天才的空城计开始说起。

想当年，天才守的是徐州城。他叫守城的兵士甭守了，统统从城墙上下来找地方猫着。城里的大街小巷一律戒严，人不准走，鸡不准打鸣，狗也不准汪汪，大开城门，任人围观。

敌军浩浩荡荡杀到城门口，一见这人走城空的模样，果然疑神疑鬼不敢向前。

而天才等的就是这一刻。他忽然下令全军出动，杀声震天。毫无心理准备的敌军果然被吓得屁滚尿流。

比孔明的空城计更传奇的，还要数接下来的故事。

当惊魂未定的敌军回过神来知道自己上了当，好不容易重新集结在城下，准备再次攻城之时，天才忽然现身于杀出城外的队伍里。

起初，敌军是很不以为然的。因为众所周知，这位天才是个盲人啊！

谁料到，出现在他们眼前的天才，竟然亲自策马弯弓搭箭，领兵上阵指挥若定。

谁说他瞎的？像他这样瞎一个给我看看？

敌军丈二和尚摸不着头脑，又惊诧又恐慌。军心已乱，再战无益，不得不败走城下。

像这样的一位天才，借用简·奥斯汀的话来说，简直是命中注定要当男主角的。可是，我们这位天才比较特殊，他是命中注定要当反派的男人。

而且，为了当一个够格的反派，天才还具有了一般男主角都很难具备的自我修养。

首先，他既擅长打打杀杀，又特别会搞文艺创作。

不要以为武夫就只会写“远看泰山黑乎乎，上边细来下边粗”这种不入流作品，我们的天才，偏偏是一位主流得不能再主流的文艺青年。他摇笔即来，非但不是叛逆粗俗风，而且还走华瞻典雅的主旋律路线；除此之外，他还是一位通晓多门语言的高级笔译加同声传译，正儿八经的文科精英。他收到的第一份 offer 非常专业对口，正是秘书郎，专门起草文件讲稿，写官样文章。

在高级文秘这个工作岗位上，天才发挥出了高超的业务水平。某次，大领导兴致一来，口授 36 件大小事项，想到哪里说到哪里，连让秘书准备速记纸笔的机会都不给。但这难不倒天才，他等大领导说尽兴了，不慌不忙回到自己办公室，整理誊清，交上去给领导一看：一件都不差。这记忆力真不是盖的。

当然，没准大领导自己都记不清那会儿口沫横飞说了些啥，随他怎么写都行。可是，既然能让领导点头认可“不错不错，我交代的正是这些事儿”，我们如果不肯相信他记忆力惊人，那反而更得咋舌他的情商之高、能力之强了。

领导需要的素质他全有，甚至领导意想不到的他也有——领导哪天身体不适，精神不爽怎么办？不用担心，天才既精通医药针推，又擅长阴阳占卜。甭管领导是需要哪种，反正他随时拿得出手。

舞文弄墨对他来说是小意思，玩乐器当然更不在话下。他精通音律，弹得一手好琵琶，同时是一位作曲家。工作之余的一大爱好，是召集城中美少年开大型歌舞派对。音乐细胞发达，美术细胞也没拖后腿。天才善于用胡桃油作画，画技甚至达到了可以直接用作品向皇亲国戚献礼的水准。

一句话，他的人生如同开了挂，和凡人之间拉开的距离岂止是鸿沟。

天才自打坐上了领导秘书的位置，一直没有安分过，酒色财气，样样不落，尤其喜欢风月场所。而他营私舞弊收受贿赂的胃口，一点儿也不比他的才气小。

话又说回来了，以上全是耳熟能详的贪官事迹，没什么稀奇，试问哪个落马官员不会干这些事儿呢？但天才就是天才，他有一门特殊的爱好，一般二般的腐败官员确实干不出来，那就是——偷东西。

比如，天才的同事甲在自己家里大宴宾客，大家伙儿吃着喝着，忽然有两个昂贵的铜碟找不到了。负责管餐具的人不背这个罪名，赶紧汇报同事甲，当场搜身。结果，众目睽睽之下，铜碟从天才的怀里搜了出来，气氛瞬间尴尬。

不过，这件事并没有影响到他的仕途，随着职位高升，天才的偷窃对象甚至还从同事家升级到了皇帝家，偷的东西也从铜菜碟升级到了金酒碗。这一回，天才同样被抓了个现行，皇家酒会上失窃的金酒碗被他塞在发髻里，藏在帽子下面，人赃俱获。然而，可能是因为这件事太奇葩了吧，皇帝居然觉得很可乐，放过了天才。

一而再再而三地犯罪，都没有得到应有的惩罚，会对犯罪分子产生什么影响？当然是放飞自己继续犯罪啊。

天才的胆子越来越大，动起了造假的心思。造假货不够刺激，他造的是假圣旨。靠着这封假圣旨，天才企图把三千石公粮中饱私囊。遗憾的是，他的造假水平远远赶不上他的写作水平，很快就东窗事发。

皇帝这回终于怒了，立刻把他拘留起来，正琢磨要狠狠抽他二百下，再罚他一个倾家荡产，发配到鸟不拉屎的地方去。不凑巧，一座国家级重点旅游开发项目——定国寺，就在这个时候落成了，得找个有才的人来写一篇华丽丽的文章歌功颂德。

找谁好呢？同事乙向皇帝极力推荐了天才。天才不负所望，虽然人还关在拘留所里，但不影响他大笔一挥，两天工夫就完成了一篇工巧雕润的神作。皇帝陛下拿到文章一看，龙心大悦，摆摆手不关了。

那么，他又是怎样报答这位及时伸出援手的同事乙的呢？天才的报恩，果然不是普通人可以想象的。不久之后，同事乙不幸遭遇刺杀，身受重伤，临死之前，他跟天才交代后事："其实我还有一点儿私人物品，暂存在同事丙那里。拜托你带个口信给我家里人，去问丙拿回来。”

天才闻言，第一时间叫来同事丙敲打一番。不敲打不知道，原来同事乙寄存的居然是沉甸甸的金子。天才喜出望外，不费吹灰之力就榨出二十五锭黄金，放进自己口袋，剩下二锭留给同事丙，权当封口费了。这还不算完，天才又一脸沉痛地跑到同事乙家慰问死者家属。别忘了他有偷窃癖，趁着这个大好机会，天才顺走了同事乙留下的几千卷典藏精品书籍。

偷完死人的书，还要偷活人的书。这个活人不是别人，正是天才的直属上司。

上司本身也不是什么好人。他看中一部天价藏书《华林遍略》，忽悠卖家说借来试阅一天，好看再买。卖家不疑有他，把书交给了上司。没想到这位上司转过身就召集了一批手速惊人的抄手，一夜工夫就抄完了，次日一早，把书退还卖家。卖家只好自认倒霉。

而天才恰好在这批抄手之中。面对价值连城的书，他的手，又一次痒痒了起来。全部偷走是不太可能了，天才尽己所能偷走了一部分，立刻变现，捧着现大洋到赌场好好玩了几把。

这样的一个奇葩，把各种违规违纪的事儿犯了个遍，却始终轻松地全身而退。真正让他倒大霉的，是他某天不小心触了皇帝的逆鳞。

这还得怪他跟皇帝抬杠的时候太得意忘形了，皇帝根本杠不过他。两位都不是什么君子，自然也不必遵循动口不动手的原则，于是皇帝亲自举起刀环打他的嘴，挥起皮鞭打他的脸。而天才偏偏嘴都被打肿了，依然不杠到底不罢休。皇帝终于恼羞成怒：“来人啊！给朕把他的嘴堵住！”

天才被塞了一嘴泥，可他坚韧不拔，边吐边杠……这一回，他终于踢到了铁板，不仅被关进地牢，还被芜菁子熏瞎了眼睛。

按理来说，他都双目失明了，总该再也掀不起什么风浪来了吧？不，这太低估天才了。他老早就给自己铺好了一条后路，跟小皇帝暗通款曲上了。反正这个记仇的皇帝总是要死的，小皇帝总是要上位的嘛。

不出所料，老皇帝一死，小皇帝就关照起了天才。俗话说一朝天子一朝臣，在新天子这一朝，天才摇身一变，就从阶下囚当上了国宝级国师、前无古人后无来者的瞎宰相。

终于位极人臣的天才，毫不意外地干起了铺张浪费、欺男霸女、拥兵自重、陷害忠良等一系列勾当，乃至里通外国，编造谣言，把自己国家最能打的一员骁勇大将活活整死了。

不过，荒诞的历史再次上演：无论他怎么贪污腐败，官运依然亨通；无论他怎么为非作歹，圣宠依然不绝。最终，他居然是因为跟别的佞臣狗咬狗，咬不过人家而丢了宰相乌纱。

正是那条咬赢了的狗，把天才扔去守徐州。于是故事又回到了本文的开头。

既然人家的本意是要除掉天才，那么，把他扔到徐州去，自然是期待看着他死在敌军手里。粮草？援兵？不要指望了。

空城计，就是天才的一生最后爆发的光芒。

然而，他没有死在敌军的刀箭下，没有死在自己人挖的火坑里，也没有死在正义的绞刑架上。末了，居然只有衰老和病魔战胜了他。

这位文武双全、才华横溢、卑鄙无耻、恶毒狡诈的天才反派，善终在徐州。

我们不禁要问：究竟是什么把这样一位才气侧漏的天才逼成了反派？这一切的背后，到底是人性的扭曲，还是道德的沦丧？

可惜，掘地三尺，依然挖掘不出他有什么悲惨的童年，他也从来就不是一个老实人。如果我们可以理解，这个世界上，有些人的才华无法用常理来解释，就是天生的；那么，或许我们也就可以接受，有些人的堕落也是如此，没有任何借口。

自他死后，这个国家就正本清源了吗？

怎么可能。

有这样颠三倒四的皇帝，有这样群魔乱舞的朝廷，看官应该不难想到，一个前所未有的乱世，才刚刚拉开它的序幕。

←

闇人

祖珽

VIP 3

生于：很神秘，不详。

代表作：《清德颂》《挽歌》《从北征诗》

主页 **文章**

影响力 查看》

状　态

翠旗临寒道，灵鼓出桑乾。
祁山敛雰雾，瀚海息波澜。

06:00 更多》

112 关　注

233 粉　丝

3125 微　博

祖珽：@高湛，殿下以后一定可以乘龙上天。

高湛 回复 祖珽：嗯嗯，苟富贵！品全不见了。

高湛 回复 祖珽：呵呵，马屁精，来人给我把他绑了。

祖珽：发生了什么事情！

15:01

蒙面大咖NO. 15

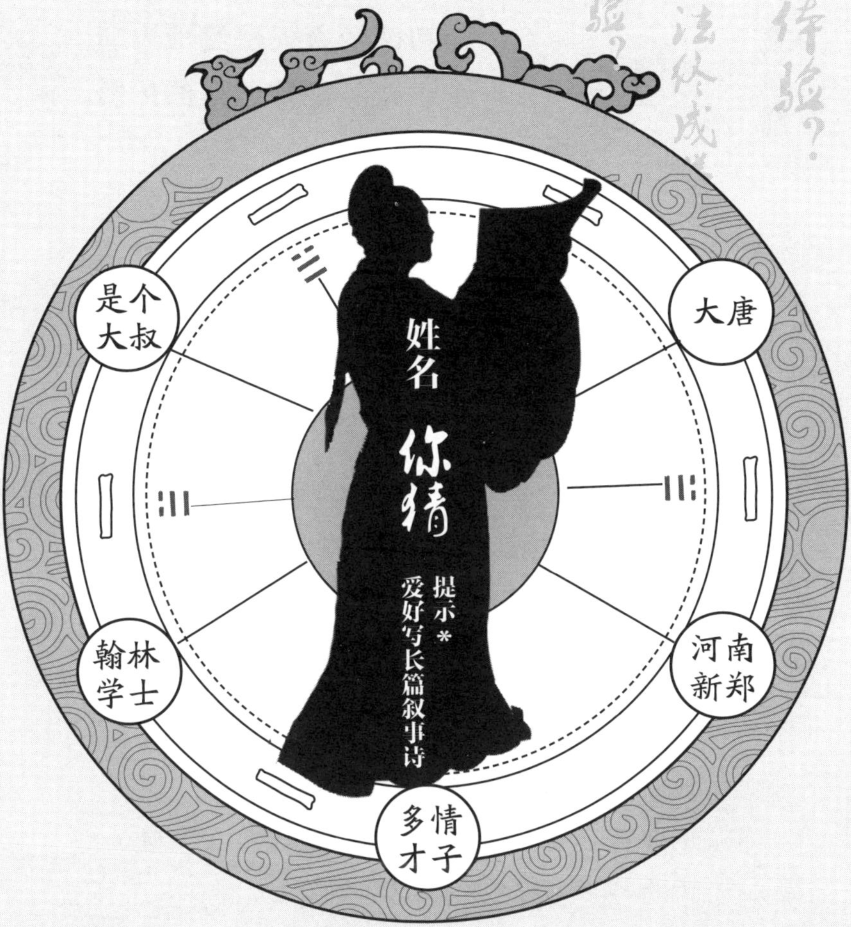

着白衣

第三章

与初恋情人无法终成眷属是种怎样的体验

◎ 文 / 清夜月

他来到符离的时候只有十一岁。

那时他还不明白很多事情，只知道他原本待得好好的家乡一夜之间忽然多了很多大兵流民，他们凶神恶煞，虎头枪上甚至还有新鲜的血滴。他的母亲在深夜里紧紧搂着他，外面火光闪烁，呼喝往来，他的耳朵被捂住了，但他还是听到了惨叫声。

“我们搬家，”母亲说，“去找你父亲。”

他当然是听母亲话的，那时候他不知道，他对母亲最大的叛逆可能就从那段旅程开始。

符离的房子不像他在新郑住的，有些小，有些旧，周围的人们都说着他听得一知半解的方言，感觉原本很大的天地一下子就只变成小院子里的那一片天。父亲忙于公务，母亲忙于家计，而他应该忙于读书，也只能忙于读书，比如什么“儒有居处齐难，其坐起恭敬，言必先信，行必中正等等”。

那天他又在院子里念书，春日的柳树拂面，吹过院墙的风也亭亭，他摇头晃脑地背着“投我以木瓜报之以琼琚”，忽然就听见了门环被轻轻叩响的声音。

那响动温柔而谨慎，就连檐角的燕子都未被惊飞。

父亲不在，母亲也不在，十一岁的他自己都不知道自己为什么要蹑手蹑脚，自己轻轻过去拉开了一道缝。

门外的女孩儿睁着灵动的大眼看他，大概只有六七岁的年纪，短短的辫子上簪着一枝刚开的杏花。

他望着她，她望着他。

直到女孩儿忽然哭起来，檐角的燕子终于被吓得飞走了。

“有贼啊！”

他们相识就是因为这样一个笑话。

他知道了女孩的名字，知道她其实就住在他家的隔壁，后来他曾经无数次因为她的走错门认错人而取笑她，女孩儿佯装生气地背过身去，过了会儿又耳根微红地咕哝，说走错了不是也挺好的吗。

那时候的他有了第一个朋友，转天她带着妈妈做的桂花糖酥来道歉，院子里的柳树下坐了两个人，她手把手地教他把桂花糖酥冲成桂花糖茶，软软地问：“你为什么要搬到这里来啊？”

他想了想，说，我是跟着母亲来的。

“那你好听你娘的话呀。”

“你不会听母亲的话吗？”

“嗯……当然会的呀，茶要凉了，凉了就太腻口啦。”

他们在春天的午后，坐在柳树下喝糖茶。

他手边的书翻了一半，今天的功课可能背不完了，但是他很开心的。

渐渐地，院子里的花落了又开，石桌上的雪落了又化。

檐角的燕子飞去飞还，那旧巢一年年地更加坚固。

他在长大她也在长大，她始终是他的邻家女孩儿。他背了许多诗，学了许多学问，他对她说将来要成个大诗人大学问家，要让全天底下都看得到他的诗文。他向她小小地埋怨母亲的期待，他什么都能对她说，只唯独不敢告诉她，我在念某些诗的时候，总会想起你对我笑的样子。

静女其娈，贻我彤管。彤管有炜，说怿女美。

那天她带来一只鹦鹉，绿毛红嘴十分可爱。

“我表舅舅给了我一对，分给你一只！”她开心地说，“舅舅说这鹦鹉可聪明啦，教它几遍它就会说话！”

那天下午，他们坐在暖阁子里，装着鹦鹉的竹笼被挂在窗前。

她教鹦鹉念他的名字，他教鹦鹉念她的名字，渐渐地三个声音往复交织，那些再熟悉不过的字句就有了些别的意思。

他渐渐地觉得耳根发热，她似乎也有些慌张，小声说哎呀光教名字有什么意思，你教鹦鹉念念诗吧。

他想了想，却发现脑中文章浩如烟海，竟翻不出一字一句，想在她面前反反复复地念来听。

她也沉默了，只有鹦鹉还在反反复复地叫着刚刚学会的两个字词。

终于他清了清嗓子：

“献岁发，吾将行。春山茂，春日明。

园中鸟，多嘉声。梅始发，柳始青。

泛舟舻，齐棹惊。奏《采菱》，歌《鹿鸣》。”

他知道他念得这么快，蠢笨的鹦鹉一定听不懂的，但没关系，他是看着她的眼睛念的。

少年的声音缓缓颂来，像是穿透落花与明月的弦声。

“风微起，波微生。弦亦发，酒亦倾。

入莲池，折桂枝。芳袖动，芬叶披。”

他清了清嗓子，认认真真地念了最后两句。

“两相思，两不知。”

女孩儿的耳根已经红透了，低下头揪着裙子上的丝带，指尖绕来绕去地就是不说话。他一颗心也提到了喉咙口，不是不知道自己年少轻薄，但就好像她说的那样，人想做什么，就总要试着去做。

“你这诗太长了，鹦鹉学不会呀。”终于她轻轻地开口，而他的心像是被拴在辘轳上的银瓶，直直地坠进了井里。

“我就教你两句。”她还是不看他，转头去看鹦鹉，“你可一定要学会呀。”

“山有木兮，木有枝。”

后面的话她没再说出来了，因为他一下子就握住了她的手。

到最后鹦鹉还是除了两个名字什么也没学会。

那个下午他十九岁，她十五岁。

他想母亲是看出了什么的，不然她不会数次地看着他欲言又止。他知道他们两个其实都在逃，他还没有功成名就，不能昂首挺胸地同母亲说出自己的想望，而母亲，也并不想他说出来。

她只是普通人家的姑娘，而母亲总希望他娶个门当户对的官宦之女，再不济也要是书香之家。

他想要的母亲不想给，母亲想要的他不愿给。

说出来总是要伤感情的。

他站在他最爱的两个女人之间，被微小的幸福和潜藏的惶惑左右，这样的心情一直持续到他即将前往江南去投奔叔父，为自己挣个更好的前程时。

她知道这个消息的时候什么也没说，毕竟她从来聪明，一直都知道他在为难些什么。

而他也只是在临走的时候向她家的院子里投了一首诗。

后来他后悔了，觉得那像是诗谶。

“不得哭，潜别离。不得语，暗相思。”

踏往江南的路上，一路绿柳清风，他本是极爱美景的，却总觉得眼中看到的那些缺了精神。

他又开始写诗，反复地诉说着对她的想念，写完便压在笼箧底小心翼翼地收起，想着总有一天，把这些全部送到她面前。

他一去就是两年，再回来的时候已经考中了进士。

回到家里的时候他是高兴的，他以为他可以向母亲证明他的能力，他并不需要妻子的门第为自己助力，他完全可以靠自己让自己和双亲都过上想要的人生。他第一次坐在了母亲的对面，第一次郑重其事地，向她提出一个完全属于自己的请求。

他已经有了想要携手过一辈子的人。

听完他的要求的母亲很平静，平静到他甚至怀疑母亲是不是已经想到了此情此景，毕竟从小到大他的一切都瞒不过母亲。

“我以为你该懂事了，但我很失望。”

最后母亲只这样说。

“不可能。”

这样斩钉截铁的拒绝让他的省亲之旅蒙上了深重的阴影，她也一定看出来了，不过还是什么都没有说。但就是这样的温柔让他愈发地无法自处，再度离家的时候他反复地回望，仿佛这样就能减轻他心中的愧疚一样。

但是离开又怎么样呢，他最终还是要回来的。

他第二次再回来的时候，他们已经不能再住在符离了。

那时他已是长安宫城里的校书郎，年少有为，父母亦年事已高，需要他时时奉养膝下。

他又一次怀抱着期待，向母亲提出和四年前一样的要求，而母亲的回答也一样，她只是长久用威严而悲悯的眼光望着他，一直到他再也说不出话。

“搬走前，不要再去和她见面了。你真的要长大了。”

她这么说着，他们前往长安前两人再未见到一面。

马车遥遥地离去，居住多年的小城和邻家的人都消散于远山的尘烟。

那之后不管被人介绍了多少良家女子给他，他都未置一眼，他心里的地方住的只有在小城的春天遇见的女孩儿，他反反复复地写着诗，将它们和当年的那些字纸放在一起。他什么都做不到，走的时候甚至没能和她好好道别，但至少这个位置他要留给她，他在无数个夜晚里辗转反侧，梦见当年的小女孩，那扇开了一缝的门开开关关。

白天里他希望她忘了他，夜里他希望她和他一样发了梦。

他开始寄情欢丛，流连饮宴，心里的位置只有她，身边的位置既然不能是她那就可以是任何人，日子一年年地过去，他竟然在这种状态里找到了一种有些扭曲的平衡，他不知道自己始终不婚究竟是在惩罚他人还是在惩罚软弱的自己，他没能给她一个家，于是他的家也没有了。

与同僚的妹妹成婚的那年，他已经三十七岁。

距离遇见她，已经过去了二十六年。

他终于得到的妻子是个敦厚的人，有些木讷，但对他和他的母亲极好。可她对他们越好，他就反而愈发暴躁，他控制不住地用妻子去和她比较，一分一毫都不如她好。妻子像是名分，又像是枷锁，每时每日地都在提醒他他究竟做了多大的、不以自己意愿为主的妥协。

而他辜负了所有人，自己也未得欢欣。

被贬江州的时候，妻子也在他身边。

而他当然没想到自己竟然还能再遇见她，昔年花下的少女已经满面风尘，她对他说着别后相逢，说着天南地北风尘故人，她笑着说，你已经娶妻了吧，那位夫人望着你的眼神，我能看出来。

他像是当年一般不敢去看她的眼睛，讷讷地问，那你呢。

她依旧没有回答，只说，我与爹爹明日就要走了，可能还回老地方去住吧。没想到还能再见到你一面。

“那只鹦鹉后来飞走了。”她最后说，“我家里的养的那只，没多久也死了。”

回到小船上的时候，妻子望着他的泪痕，什么也没有问。

而他竟然从这种温柔的沉默中，终于寻找到了她与她的一丝相同之处。

江州的生活苦寒，妻子似乎变成了另一个他当年的母亲，独自操持着所有家务。已经不再是当年孩童的他终于懂了这种似乎永无尽头的忙碌，当年的他在要强的母亲日复一日地独挑大梁的时候早已成了母亲唯一的救命稻草，她想要他在她付出了那么多之后，以她认为最好的方式去生活。

终于沉冤昭雪，离开江州的时候，他让妻子和车马先回，自己独自去了符离。

其实他也不知道自己要去找什么，但在看见坍塌的院墙和枯死的柳树时，终于发现，那些往日的时光，早已经一去不回。她不在这里,连他们曾经一起生活过的地方也找不到了。一切就像是一场梦，梦里的小女孩一次又一次地对他伸出手，给他冲着桂花糖茶，但总是茶未入口，梦便已经醒来。

他已经五十三岁了，一生已过去大半。

后来他仍旧流连花丛，供养家妓，樊素、小蛮、春草……那些年轻美丽、生机勃勃的女孩子在他身边来来去去，甚至六十七岁的时候他还洋洋得意地感叹着,说“十听春啼变莺舌,三嫌老丑换娥眉”。

只是再多的年轻女孩，都不是当年符离的那一个了。

也许到后来他还是会想起十一岁那年的夏日午后，头发短到刚刚能插上簪子的小女孩和他一起趴在碧纱窗前教鹦鹉念诗的情景，可能念的到底是什么他也忘了，只记得那时候开心得很，一切还没来得及开始，生命中最美的那段时光正要降临。

而他也已经是著名的大诗人，写爱情写过“在天愿为比翼鸟，在地愿为连理枝”,写社会写过“半匹红绡一丈绫,系向牛头充炭值”,写人生写过“同是天涯沦落人，相逢何必曾相识”，也许会有和当年的他们一样的少年少女，闲时在午后的微风、春日的细雨中教鹦鹉念他的诗。

可他希望念的是那样一首：

娉婷十五胜天仙，白日嫦娥旱地莲。

何处闲教鹦鹉语，碧纱窗下绣床前。

←

白居易

VIP 6

生于：公元 772 年 2 月 28 日

代表作：《长恨歌》《琵琶行》《卖炭翁》

主页 **文章**

影响力 查看》

状　态 **同是天涯沦落人，相逢何必曾相识。** 02:00 更多》

56 关　注

9999 粉　丝

24678 微　博

相关的人：元稹、韩愈

琵琶女：先生……

白居易 回复 琵琶女：诶……

元稹 回复 白居易：我今因病魂颠倒，唯梦闲人不梦君。

白居易 回复 元稹：你怎么了，微之！我来了，等我！

琵琶女：打扰了……

12:01

蒙面大咖NO. 16

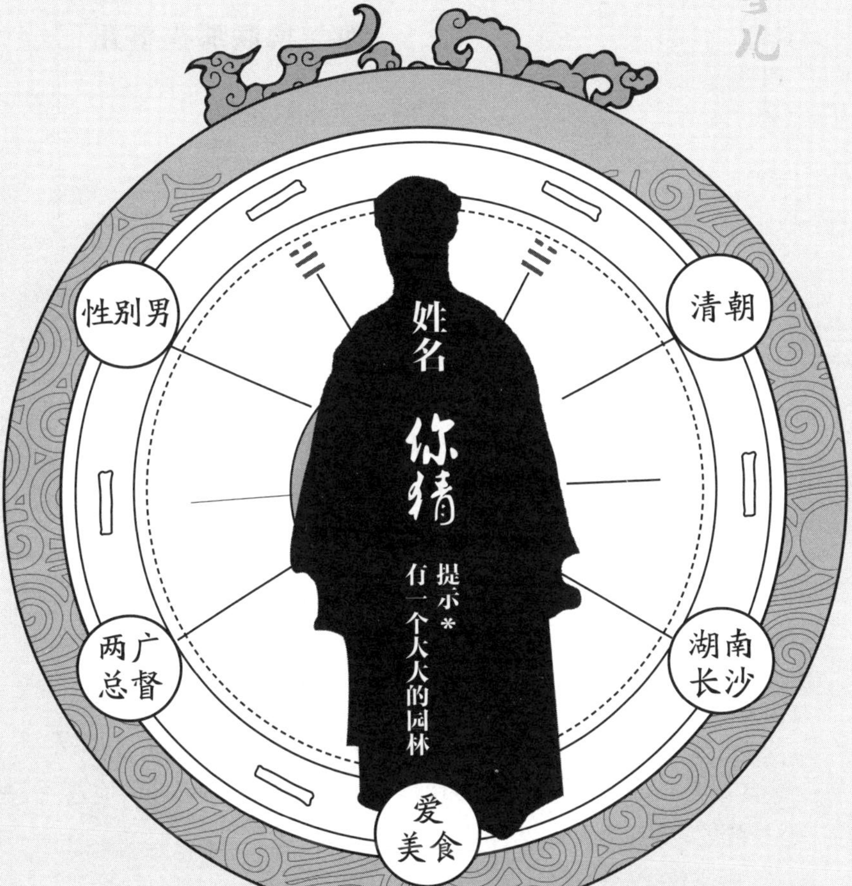

春秋时期有名圣人的后代

第四章

他与挽联那些事儿

◎ 文 / 白斩鸡

在那个即将动乱的年代，他出生在一个还算富裕的家庭。

身为长子长孙，他理所当然地受到了长辈的倾心教育。祖父虽然没什么文化，但凭借多年所见所闻所历积累的经验，教授一个孩童足够了；而他的父亲作为私塾的老师，自己又是秀才，也成为他模仿学习的榜样。

因而他五岁启蒙，六岁便入了家塾，潜心学习。

那时候的读书人都有仕途梦，他也不例外。聪颖如他，十四岁时，便以第七名的成绩通过了童子试，长沙府在那时算是不小的地方，这样的成绩足以令人骄傲。

但他并没有停下脚步，二十一岁时考取了秀才，又过了两年，在岳麓书院的学习让他离梦想又近了一步，中了举人的他，终于踏上了去北京的路。

十年寒窗无人问，一举成名天下知。

可看似凡事一帆风顺的他，却在此时遇到了瓶颈。

明明只差一步，却生生又等了四年。此间第一次会试落榜的他，以为只是一时失误，便留在北京的长沙会馆复习，准备来年的考试，但没想到，第二年仍旧没能考上。他心中说不苦闷是不可能的，但事实如此也无能为力，于是只好离开了北京启程回长沙。

这一次，他没有再着急考试，而是真正地静下心来学习，总结前两次失败的原因，一遍遍查漏补缺。终于，两年后，再一次准备好的他又踏上了去往北京的路。

而结果也没有辜负他的努力，第三次参加会试，他以优异的成绩为自己十多年的苦学画上了圆满的句号。

当然，这不是说自此他便飞黄腾达成为人生赢家，虽然他的确迎来了全新的生活与未来，事实上他依旧很努力。大抵是两次会试失败的打击令他有了深刻的思考与反思，因而终于步入仕途的他，从未放弃过学习。

起初，他拜师于当时的军机大臣门下，因在朝考中名次优异，被皇帝选为翰林院庶吉士。

但他知道这还只是开始而已。他踏实勤奋，待人有礼，时常刻苦钻研，修身律己，并结交了许多有着相同志向与爱好的朋友，互相激勉。

之后，他几乎是以每年至少一次的频率保持着升迁的步伐，从翰林院检讨、翰林院侍讲、会试同考官一直官至礼部侍郎。

他在北京做官的十年里，凭借着自己的努力，他从一个刚摆脱寒窗苦读、初入官场的小毛孩子迅速升职成为二品官员。

十年七迁，这是令所有人都惊讶的。

不过，还有另一件事，令所有人更惊讶。

或许在别人眼中，他是忠心谦逊、沉稳踏实的可靠臣子，却有着一个看似不太靠谱的爱好。

那便是——给人写挽联。

退朝回家休息之余，他时常勉励自己继续学习。可读书人的爱好就那么几个，文章写来写去总会疲劳，闲来无聊时对个对子，不仅消磨时间，还能陶冶陶冶情操，升华升华文学水平，但对得多了也显得无趣。

寻思着找个新玩法的他，打起了写挽联的主意。

好的挽联，寥寥两句话便能概括人的一生，既要说明对去世之人的敬意，还要恰当地表达怀念之情，应当是很有挑战性的。

而他也确实当得起这挑战，他本就聪慧，脑筋活学得也快，没过多久，就掌握了写挽联的诀窍。

每当有人去世，他便写好挽联给人送去。

一传十十传百，当时北京城里，几乎无人不知他写得一手好挽联。

那会儿，街坊中还流传了件颇有意思的趣事。

有个叫江忠源的人，性格十分正直豪爽，待人也很是热心肠，朋友过世后，为了将朋友的遗体送回老家，江忠源不远千里亲自赶回去安置。

有朋如此，夫复何求？

这事一来二去，传得开了，便有人开玩笑说，江忠源包送灵柩，而他，包做挽联。

他：“哦。”

被人调侃不开心，每天为自己的挽联事业忧愁，他更不开心。

其实他自己也知道，文章可以随便写，对子可以随便做，可挽联不能随便写。那是写给死人的东西，一般人看来实在是晦气得很。

况且，哪有那么多人能让他写挽联呢?

可他又实在是控制不住写挽联的手，于是左思右想，机智的他想到了个办法：既然没法给死人写，那偷偷给活人写总行了吧？反正身边的朋友那么多，而且对他们的生平了如指掌。

他在心里偷偷给自己点了个赞。

于是他趁无人在家的时候，偷偷摸摸地写，反正也没人知道。

可就那么碰巧，一次不小心，就出了岔子。

他有个好友叫汤鹏，平日里和他玩得挺好，出入他家都不用通报的那种。有次来他家找他，刚踏进屋子就看见了他手忙脚乱，遮遮掩掩的，不知道在干什么。

而他也确实吓了一跳，心虚得不行，刚写的挽联还热乎着没藏好呢，怎么人就来了?

汤鹏也是奇怪得很，这人在写什么，竟然还不能让人看，难道有什么猫腻?

所谓越遮掩越引人好奇，汤鹏也有点忍不住，非要一窥究竟。

于是他走近一看，“海秋夫子千古”六个大字映入他的眼帘，这下不得了，两眼一黑，差点气绝。

“海秋”正是他汤鹏的字，“千古”是死的婉辞。

他死了，他自己怎么不知道?

生挽?！

这，这，自己还活着呢，怎么这人就给自己写挽联？是不是在咒自己，嫌自己活得太长了?

过分！

有朋如此，夫复何……

“绝交！”

汤鹏怒火攻心，一甩袖子直接走了，留下他一个人捧着挽联，委屈巴巴。

本以为那么多年老朋友了，吵个架算什么对吧，更何况他们连吵架都算不上。过了几天他几次三番地跑去找汤鹏道歉，却发现对方这次是真的生气了，连理都没有理他。

怎么办？

于是一个好朋友就这样被他作没了。

日子就这样慢悠悠地过着，大抵也是在京中做官比较清闲，才让他有了在家做挽联练笔的心思。然而几年后发生的事，改变了他以为能在朝中安稳做一辈子官的想法。

那一年，由于朝廷腐败，社会动荡，民不聊生，在广西桂平一个叫作金田村的地方，发生了一场声势浩大的起义。起义者到处宣扬朝廷的无能，并迅速召集了几万人揭竿而起，自立为国，公然与朝廷对抗。

听闻此消息，皇帝立刻召集群臣开会议事，而他也在此列之中。

可哪知皇帝的重点完全跑偏，心系国家安危的他实在受不了了，直接站出来对皇帝说，如今最紧急应当做的事，难道不是选拔优秀的人才为朝廷所用去剿灭起义军吗？为什么还在朝廷上浪费口舌讨论来讨论去？

这谁谁，那谁谁，还那谁谁谁，他点了好几个人的大名跟皇帝说可以重用，同时还上书苦口婆心地告诉皇帝哪里做得不对，犯了什么错。

皇帝很生气，当即摔了折子，震怒不已。

这……太岁头上动土，天子是随便能批评的吗！简直是大逆不道。于是皇帝一怒，大手一挥，斩了！

……当然是没有的。生气归生气，气过了之后皇帝还是又拿起了折子仔细看，仔细想，咦，说的好像是有那么点道理。于是反思了一番的皇帝发现自己这次确实做得不对，大手一挥，把他好好夸奖了一番。

伴君如伴虎，生活好刺激。好歹这次是有惊无险地度过了。

但即便是皇帝原谅了他，起义军却也还在，并且十分强势地席卷而来。很快，一年不到，他们就已经扩散到了半个中国。

这可怎么办？镇压吧。

朝廷从各地调遣了大量的军队，可是发现不仅是朝廷腐化，连军队都开始腐化，正儿八经的国家军队竟然连鱼龙混杂的起义军都打不过，可不笑掉大牙？

但没办法，打仗就是打仗，打不赢总不能硬拼送死。于是朝廷又想了一招，开始号召地方军队加入，谁家里有练兵的，要是能镇压成功起义军，重重有赏。

听到这个消息，他眼珠一转，想了一想，知道是机会来了。

湖南长沙府出身的他，借此诏令迅速动用亲朋好友的人脉关系，在老家训练起了军队。将领大多是儒生，而士兵则是招的附近一带的农民，照着明朝戚继光练兵的样子，以营为单位，从低级到高级，层层归属管辖，而所有人都听他一人的号令。在武器上，他们也不再全部采用旧式落后的刀剑，而是加入了枪炮等火器。不仅如此，他还想到作战要水陆齐下，因此略晚于陆军，水军的筹备也进入了计划。

不久后，他的军队迅速地发展壮大起来。很快，在朝廷的命令下，他的军队与起义军正式开始了对抗。

他发表了一篇名为《讨粤匪檄》的檄文，怒斥起义军此举是在荼毒生灵，将中国数千年的礼仪扫地荡尽，甚至连孔子、孟子都痛哭不已，劝告天下读书人千万不能袖手旁观，写得是振聋发聩，直击心灵。

于是许多人应声而起，纷纷声援并加入军队讨伐起义军。

但所谓“万事开头难”，初上战场的军队就像初生的雏鸟，在面对敌人的时候心有余而力不足，很快便败下阵来。不到一月，前线便传来战事不利的消息。起义军将他的军队打得节节败退。

第一次尝到了如此突然而又沉重的失败经验，他受到了巨大的打击，一时胸中悲愤难抒投水自尽。

所幸被人救了上来。

因为战事不利，他被朝廷降旨革了职。

战争仍在继续，他若是死了，他一手操练起来的军队又该如何？

痛定思痛，他决定吸取教训，振作起来。

重新整顿陆军与水军之后，他一鼓作气攻陷了岳州，并击杀了起义军在岳州的将领，而后又趁势进军武昌、汉阳，进而围攻九江。这一连续的作战表现令他挽回了颜面，朝廷也因此让他接连升官，并赏穿黄马褂。

一切好像都朝着好的方向走，但人生总有起起落落。

起义军并没有他想象中好对付，这是一段漫长的战争，两方对抗了十余年，你来我往，势均力敌，都十分艰难，亦是十分疲惫。

战争是一座屠戮的机器，发起者或许是为了生存，可过程却导向了更多死亡。

好像从这时起，他的挽联功力突然有了用武之地。

当年那一位与他齐名的“包送灵柩”江忠源，便是在抵抗起义军的第一年战死沙场。

因缘际会，他也不曾想到自己有一日会为江忠源写挽联。

百战守三城，章贡尤应千世祀；

两年跻八座，江天忽报大星沉。

短短两句，道出了多少惋惜。

当江忠源因胡元炜告急求援前往庐州，却发现军火与粮草都十分短缺，并不如对方所说一般充足，反而连自己也被围困时，会是怎样的心情？

当江忠源在一日日的等候中，希望逐渐被现实浇灭，最终因为胡元炜的背叛通敌导致城破，他因拼死抗敌身受重伤时，会是怎样的心情？

或许随着“扑通”一声沉入古塘的江忠源一样，深埋水底了吧。

而那时，写着挽联的他又会是怎样的心情呢？

也许等年老的时候，那样动乱的十年，想必是他永远不愿意回忆的。

挽李星沅：

八州作督，一笑还山，寸草心头春日永；

五岭出师，三冬别母，断藤峡外大星沉。

挽塔齐布：

大勇却慈祥，论古略同曹武惠；

至诚相许与，有章曾荐郭汾阳。

挽李续宾：

八月妖星，半壁东南摧上将；

九天温诏，再生申甫佐中兴。

深夜里，烛光下，他一个一个地写着，好似平生中从未写过如此多的挽联。

战争仍未停歇，离别不曾停止。

直到那一年，突如其来地，他的好友胡林翼也因病而死了。

然而他们明明才刚打了胜仗，剿灭起义军胜利在望了不是吗？他还打算推举胡林翼，为他谋职升官……

可惜，只能道一声世事难料吧。

于是他下笔而书：

逋寇在吴中，是先帝与荩臣临终恨事；

荐贤满天下，愿后人补我公未竟勋名。

寥寥几句，朴实无华，却道出好友一生的壮志与作为，可谓是字字真挚，句句戳心了。

几年后，漫长的战争终于结束，他与他的军队迎来了胜利。

也是于他之幸吧。

经历了两朝的他，送走了老皇帝，迎来了小皇帝，在朝廷里的地位逐渐德高望重起来。

小皇帝即位的时候才不到 6 岁，还是个懵懂不知世事的孩子，纵然有心，但依然很难改变国家内忧外患的局面。

起义军的反抗不过是个导火索罢了，真正的大敌远在海的另一岸，虎视眈眈地盯着他和他的国家。

彼时他已经意识到了自己的国家与西方列强的差距，但国之根基固化已久，并非能轻易改变。但……既然已经意识到了这一点，即便再难，也要去做些什么，哪怕能少挨点打，少走几步弯路都是好的。

那些列强有什么先进的好东西，我们照着学学，总归不会错吧？

在国内学既慢又远，不如派遣一批学生去西方那些国家学习一下？

所谓知己知彼，百战不殆，他便是这样想的。

于是，他与朝廷中几位其他的官员一道创办了安庆军械所等许多工业企业，只希望能尽快培养起能为国所用的人才，以应对大洋彼岸那虎视眈眈的枪与大炮。

但好景不长，还没等到他完成心愿，便永远离开了这个他爱着的、为之倾尽心力的国家。

如果人在死去之前，真的能在脑海中回忆整个一生的话，他会怎样评价自己呢？

他是否曾为当初那个决绝果断操练起一整个军队的自己而感到骄傲，是否会为临死前未完成的心愿而感到万分不甘，又是否会在闭上眼睛前想起年轻时为生人书写的挽联，而又想起那些在战争时书写的一个个因战而死的将士的挽联？

他在写那些挽联的时候，又是怎样的心情呢？

也许我们都无从知晓了。

曾国藩

VIP 7

生于：公元 1811 年 11 月 26 日

代表作：《持家教子之术》《冰鉴》《曾国藩家书》

主页 **文章**

影响力 查看》

状 态 **读书三十年，今来始一试……** 11:00 更多》

200 关 注

6978 粉 丝

3215 微 博

曾国藩：@李鸿章，我最近病了，有空来帮帮我……

李鸿章 回复 曾国藩：好的，就来。

乾隆：什么？！朕的大清亡了？

李鸿章 回复 乾隆：……

曾国藩 回复 乾隆：……

13:01

蒙面大咖NO. 17

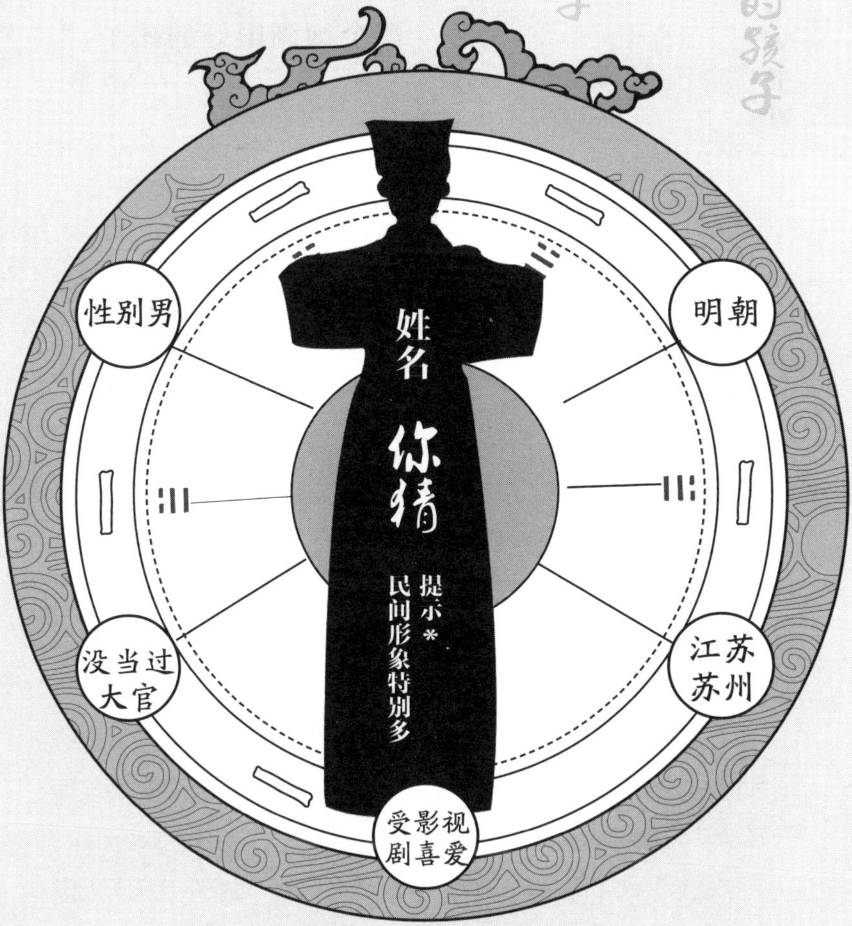

风流书生

那个画画很好的孩子

文 / 夏眠

在富庶的江南地区，有一户做小本生意的人家，卖酒卖肉，日子也算是过得衣食无忧，最难能可贵的是儿女双全。

可是，孩子的爸爸心里却总有那么一丝丝的遗憾，士农工商，自己做生意的，怎么看地位都是在最底层。哪怕自己有意结交读书人，但总感觉还是缺了点什么。看着趴在桌子上用筷子蘸着酒在桌面上写字的儿子，爸爸的心里灵光一闪。

第二天，小男孩就迎来了自己的家庭教师。爸爸连忙拉着他给老师行礼，告诉他是家里人花了大价钱去请来的老师，要跟着老师好好学习，不要辜负父母的期望。五岁的小男孩似懂非懂地点了点头。

家庭教师收了重金，尽力辅导小男孩，他一边赞叹这孩子天资如此聪颖，一边又无奈地看着淘气的学生在作业本上乱涂乱画。然而就是作业本上的涂鸦，让老师发现了这孩子的绘画天赋，于是他便尝试着和孩子的父亲沟通："是不是先不要扼杀孩子的绘画天赋？"

没想到，爸爸断然拒绝了，他痛苦地捂住脸："我没其他奢望，就希望这孩子能好好读书，将来考取功名，当个官儿，这样我们家就能翻身了啊。”

小男孩躲在门后，听到了爸爸和老师的对话，他从未见过这样悲伤的父亲，看了看手里被画得一塌糊涂的作业，默默藏到了背后。

要好好读书，小男孩的心里如此想着。随着他渐渐长成了少年，连小妹都体会到了哥哥的辛苦，每次看到哥哥的房间还点着灯，就会把白天省下来的酥饼给哥哥拿去当点心。少年就会疼爱地摸摸小妹的头。

当初的小男孩终于长成了大人，父母替他张罗了一门亲事。嫁过来的女子温柔娴静，夫妻俩感情很好，没多久，妻子便为他生下了一个儿子。

再过了不久，妹妹也到了出嫁的年龄，找到了一户不错的人家准备嫁过去。

俗话说：成家立业。

既然当初的画画少年都有了自己的儿子，那么他也就该成自己的业了。正当他准备上路考取功名的时候，对自己从小就严格要求的父亲去世了。那一刻他感觉自己的天都塌了，然而他迅速振作起来，自己是长子，所谓长兄为父，爸爸去世了，那么自己就要支持起这个家。可在料理完父亲的后事之后，母亲也病倒了。

他又迎来了第二个打击，母亲也不久于人世。

他捂住脸孔，仰天悲鸣，却看到了漆黑的夜，仿佛是一种诅咒。这么想着，他心里一寒，裹紧了身上的衣服。

然而，命运的流星终于接二连三地落了下来。

母亲、妻子，还有他的儿子接连去世了。

甚至他最为疼爱的小妹妹出嫁没多久，也因病去世了。

短短两年，他从有家室的得意之人，到家破人亡，只留下自己一个人形单影只。他的朋友来拜会他，发现那个意气风发、年仅 25 岁的朋友，居然斑白了头发，心疼不止。看着他憔悴的面孔空洞的眼神，朋友问："你忘记了你父亲的愿望吗？"

男子的眼前浮现起父亲的脸，还有当初在门缝里看到的情形。他握紧了拳头，准备实现父亲的愿望。不，从此刻开始，这就是自己的愿望。我要考取功名，建功立业，光耀门楣，这样才能告慰父亲的在天之灵。

这么想着，男子收起了平时为自己赚足名声的画笔，打开了放在书架上的四书五经，认真复习起来。

男子一路过关斩将，每次考试必然是勇夺第一，堪称学霸中的战斗机，名满天下，每个读书人说起他来，眼神里都充斥着崇拜和惊叹。

男子坐在省考的考场上，奋笔疾书，完全没有顾忌到周围的动静，包括看向他的目光。考试结束之后，早就听闻他名声的考官把他的试卷单独抽了出来，仔细一读，惊为天人："人才啊，人才！"

听到赞叹之声，考官的老师程敏政推门进来，好奇地问："什么人才？"

考官把试卷塞给了程敏政一看，他原本不大的眼睛越睁越大，拍着大腿赞叹："真是人才啊，人才，这是他自己写的吗？"

考官对他的提问不屑一顾，难不成还能在我眼皮子底下作弊吗？你若不信，市面上还有他写的书，要不你买本去看看？这老师也是个愣头青，还真的搜罗了不少男子的文章，一边读一边击掌："有才，有才，实在太有才了！”

当然了，这次的省考，男子依然是第一。

男子长叹一口气：哎呀，我想做第二名都好难啊！为什么我会这么厉害呢！可是再厉害，我不也就一个人嘛！

这么想着，男子回想起自己家里空无一人，最重要的亲人都离开自己了。他摇了摇头，算了，去找点乐子，抬脚便踏进了烟花柳巷，流连欢场，完全无视掉身后学渣们的目光。

这事儿被他的朋友知道了，朋友有些着急，写了封信给他：“兄弟啊，读书人到底不能去这些烟花柳巷的，做人还是要谦虚谨慎，为人要是太张狂太轻浮，以后会吃亏，走得不远呀。”

男子一边在烟花之地提笔画画，看着朋友给他写的信，眉头一皱：真扫兴！当即提笔回了信：“你要看我不顺眼，那就别认我这个朋友。”

朋友收到信，无奈地摇了摇头。

省考之后就是国考了，男子收拾行装往首都出发。

江南去首都的路就这么几条，在路上经常能遇到和自己一样赶考的学子。有个和自己一起赶考的江阴土豪，是实打实的富二代，还是一个仰慕男子才华的富二代。富二代知道他就是传说中的风流才子之后，秒变粉丝，激动得语无伦次。男子听了半天，终于听懂富二代想要和自己同行，如果他愿意的话，富二代可以为路上的一切费用买单。

男子想了想便答应了，又没有什么损失，何乐而不为呢？两人结伴进京，看着天下学霸纷纷云集到了京城，男子的心里又回想起了爸爸的脸，握紧了拳头。应试考生彼此对望，心里充斥的不止是竞争，还有同为考生的心酸，彼此攀谈起来。得知男子原来就是传说中的那个学霸，有的捶胸顿足一年又浪费了，有的愤愤不平为什么有人就可以边逛教坊边作画，边喝花酒边写文！

越是攀谈，男子的信心就越足，富二代就越是沮丧。

富二代能进省考已经是很勉强了，考过简直是祖坟冒烟，想要在这么多学霸里脱颖而出，祖坟得冒蘑菇云才行。他痛苦地闭上眼睛，他不缺钱！他们家唯一缺的就是一个当官儿的，要是他能像偶像这么有才就好了。

俗话说：有钱不仅能使鬼推磨，磨推鬼都行！

富二代决定冒死一试，他拉开包袱里看着自己带着的金条，眼里金光一闪。

国考日终于来了，出题老师也许之前受了什么刺激，出了一道闻所未闻的难题，考生拿到卷子的那一刻都傻了，完全不知道出自哪里，这要咋写？自由发挥吗？可是题都没懂发挥个啥？

于是，在绝望的哀号声中，大家纷纷交了白卷。

交卷之后，考生们走出考场，贫穷的考生蹲在路边不知所措，有钱的考生决定出钱去酒楼抚慰自己受伤的心灵。

酒过三巡，大家都有点喝高了，痛斥这次的考题毫无人性。就在这时，男子举起了酒杯，大喊：“你们都不行！这次的考试，我肯定是第一名，你们等着瞧吧！”

其他考生纷纷向他投去愤恨的目光：居然说男人不行？！

然而更让考生们嫉妒的是，男子还真的写出了完美的答案，简直是独一无……不对，是独二无三，因为那个和他在一起的富二代也写出了超级完美的答案！果然学霸是和学霸一起玩的吗？

就在大家等着放榜等着男子金榜题名的时候，一队衙役冲了进来，点名就要找男子，就在众目睽睽之下，男子被戴上了镣铐。

学霸男居然落榜？涉嫌国考作弊！

一时间这个标题宛如八卦新闻一样疯狂席卷了京城，考生们纷纷议论，时不时打听朝廷里传出来的消息。

哎呀，没想到呀，没想到。

渐渐地，消息演变成了好几个版本。

第一个版本：富二代用钱砸开了一条路，让主考官把试题给了自己，然后他就用模拟题的名义让学霸男写了一遍答案，到了考场上直接誊写答案，完美！

第二个版本：主考官早就和学霸男沆瀣一气了，主考官就是当年那个程敏政，在省考之后，主考官就成为他的铁杆粉丝了。这次的考试，主考官直接把考题给了学霸男，唯一的要求就是让学霸男认自己作老师，在当时这种做法叫"约定门生"——只有特别学霸特别有名一眼就能让人觉得以后大有作为的考生才能得到这份机会。

不论是哪个版本，总之学霸男翻不了身了，作弊男居然还想考试？做梦去吧！

男子被放出来的时候，已经是几个月之后了，他整个眼眶都凹了下去，像一个没有生气的傀儡听着官员宣布对自己的处罚决定：剥夺士的资格，同时剥夺国考的权利，收拾铺盖到浙江的小地方去当个芝麻绿豆官吧。

他回头，看着和自己一样被终身剥夺国考资格的富二代，他的情况似乎更惨，连站都站不稳。然而男子知道，自己是完了，再也不可能完成父亲的遗愿了，他双膝一软，差点跪了下去。

男子回到了江南，他丢掉了任命诏书，他不愿意如此屈辱地赴任，既然没有确凿的证据证明自己作弊，为什么要剥夺自己的国考资格？！为什么要剥夺自己的梦想？！他收拾盘缠，游历名山大川，也不知道目的地，就是想出去散散心。

散着散着，钱没了。

男子只有孤独地回到家乡，他举起酒杯，看着空无一人的家，无论如何都喝不下去，如果没有亲人的等待，没有家人的关怀，这个地方还能叫家吗？他懊丧地丢掉酒杯。当他绝望的时候，一直仰慕他的红颜知己来到了他的身边，男子仿佛是溺水的人抓住了最后的浮木，虽然红颜知己出身烟花之地，但他不介意，依然娶她为妻。

结婚之后，男子也算是有了个家，虽然简朴，好歹有了家的气息。他重新振作起来，决定做点什么养家糊口。自己已经不能参加科举了，那么能干什么呢？他看向了书桌，在整整齐齐码好的书本边，是一支积了灰的画笔。

他眼前一亮。

从此，市面上多了许多男子的画，因为他画得实在好，独特的工笔绘画带着一股袅娜风流，再加上之前他流连教坊的传言，一时间人们都分不清风流才子形容是他的做派还是他的画风。

再度成家的男子，也不逛教坊了，带着妻子，用卖字画的钱在苏州城外盖了新房子，取名桃花庵，日子过得又平淡又快乐。

还生了女儿，取名叫桃笙，十分宠爱，为女儿作画赋诗：桃花坞里桃花庵，桃花庵里桃花仙。

那时候画画不是为了饮酒作乐，游历山川，而是为了养家糊口享受天伦了，他的画和他的性格一样柔软起来。他和之前绝交的朋友主动联系，恢复了友谊。朋友也是个厚道人，立即给他介绍了不少赏识他画的有钱人，让他能安心作画生活。

俗话又说：否极泰来。

上天继续给了男子一份礼物，突然家里来了身份极其尊贵的访客，他代表着当朝皇帝的叔叔，据说这位叔叔非常赏识自己。这件事顿时植根于男子心中，当年的那份执念又死灰复燃，破土而出。

他收拾行囊，皇叔十分热情地迎接了自己，表示自己非常欣赏他。

男子环顾王府，发现和自己一样的文人居然还不少，这位皇叔看来是惜才之人，自己一定要好好努力，做出一番事业。

虽然自己早过了而立之年，但姜子牙七十才遇到了周王，自己还年轻。

这么想着，他便在王府里住了下来。

然而，随着日子一天天地流逝，男子心里的阴影越来越大，大到自己无法承受，甚至会在睡梦中惊醒，一时间，王府里便传开了男子神经有问题的流言。

皇叔一开始是不信的，后来也渐渐地怀疑起来，于是派人送礼给男子，顺便观察他的情况。男子脸上露出了幸福的表情，随手就把自己的衣服扒光，赤身裸体蹲在地上，还当着使者的面，玩弄自己的不雅部位。使者吓得面如土色，连滚带爬得跑回去和皇叔说："这人脑子有病啊有病！！"

皇叔一听，内心万分无语，大喊："来人啊！把那个疯子给我丢出去！"

男子当初有多风光地被请进宁王府，就有多卑贱地被丢出来，也许是和王府八字不合，男子一离开王府，神智就清醒了，赶紧拿着包袱赶回家。

周围的人看到男子又丧气地跑回来，脸上都露出了幸灾乐祸的表情，男子也不言语，还是维持着卖画为生的生活。

当众人在茶余饭后谈起男子实在没啥福气的时候，一个惊人的消息传到了当地：当初重金来聘请男子的那个皇叔！造反了！

大家吓得手足无措，太平日子就要到头了吗！

然而，没过多久，又一个消息传来：皇帝平定了叛乱。皇叔没跑出去！皇叔被抓住了！皇帝把他后代全部贬为平民，皇叔的封地也没有了，皇叔之前手下不是有些神神叨叨的读书人？全部抓起来砍了！

同乡们又一次目睹了官差造访男子，进去了没多久，官差便离开了，男子坐在自己的房间里，眼里没有任何情绪，既没有劫后余生的庆幸，也没有鄙视众人的冷漠，他就这么坐在那里，一坐便是一天。

当初那个陪他度过最难熬日子的红颜知己因为操劳过度，离开了人世。

男子又是一个人了。

男子写了无数首诗，想念他死去的妻子。

这是他又一次地失去了自己的家，也许是被命运作弄得已经麻木了，男子不仅拒绝了朋友继续娶妻的建议，还看起了佛经，也许从佛经里，能找到心的归宿。

朋友偶尔会来看看孤身的男子，看着他越来越超脱世俗——对于生活的要求越来越低——不免担心起来。正想鼓励他，没想到男子送给了自己一首诗，朋友打开一看，顿时泪崩，这是一首绝命诗啊！

男子握住了朋友的手：要是我死了，你不要哭泣，活在阳间的人总要离开的，去了地府也一样啊。对我而言，阳间和阴曹地府没有区别，都是异乡，我……早就没有家了啊。

说完没几天，他便孤独地离开了人世，下葬的时候，家里连可以拿来下葬的钱都没有，友人们实在不忍心，纷纷拿出银子，这才凑足了钱将男子安葬在他和妻子的桃花庵边。

就是这么一个悲悯的男子，一生都在梦想破灭和亲人离世里挣扎，浮浮沉沉。

他曾经这么接近自己的理想，他曾经有过幸福的家庭，他曾经有过亲近的朋友，他曾经拥有了一切，然而，命运最残酷的便是让他在感受到幸福和荣耀之后，活生生将它们夺走。

在男子弥留之际，也许想起那个无忧无虑的童年，自己淘气地在作业本上涂涂画画，不知道男子有没有意识到，这是他一生做得最成功，也是完全没有受到命运捉弄的事了。

←

唐寅 ♂ VIP 4

生于：公元1470年3月6日

代表作：《落霞孤鹜图》《杏花茅屋图》

主页 **文章**

影响力 查看》

状　态 **桃花坞里桃花庵，桃花庵下桃花仙。桃花仙人种桃树，又摘桃花换酒钱。** 05:20 更多》

156 关　注

1789 粉　丝

1237 微　博

文徵明：别桃花不桃花了，你真的认识一个叫秋香的姑娘？

唐寅 回复 文徵明：……不好意思，我的夫人，母亲，妹妹，儿子，父亲，都去世了。

文徵明 回复 唐寅：……不要说出来，怪我，我们还是来谈艺术吧。

朱宸濠：呵呵，装疯？

唐寅 回复 朱宸濠：啊，你说什么，我听不到？哇，今天的风好晴朗啊。

朱宸濠：……

09:23

蒙面大咖NO. 18

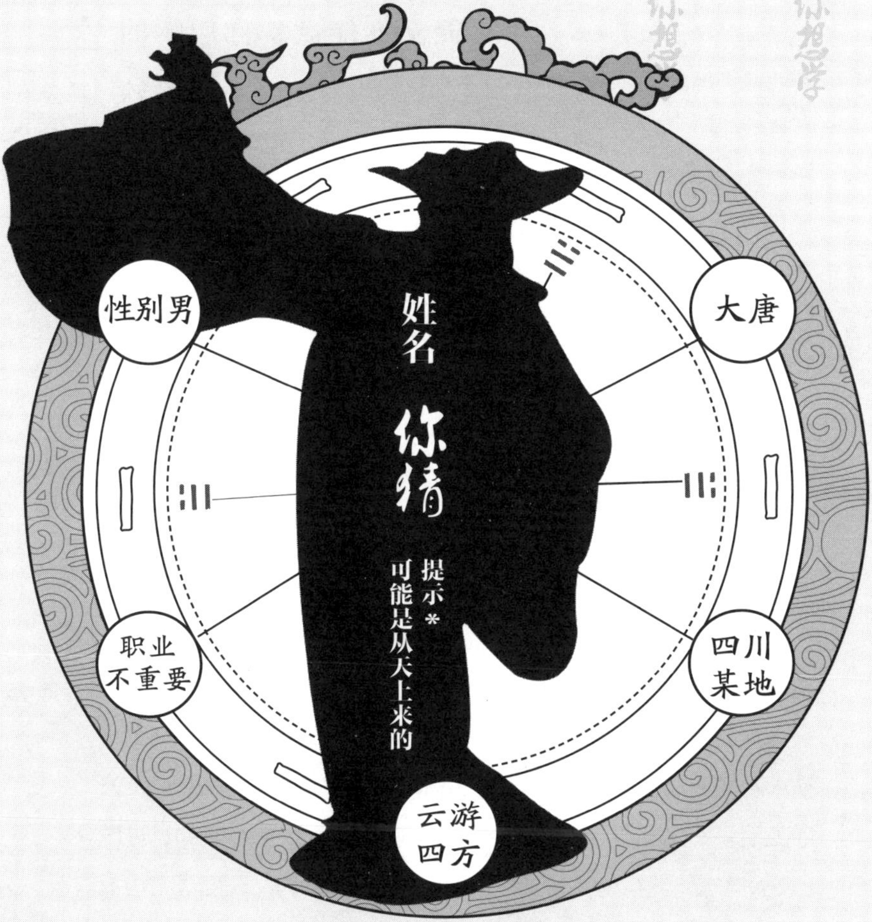

全民偶像

第六章

能文亦能武，你想学的他都会

文 / 捌爷

一

将军第一次见到少年的时候，是在他母亲的守丧期。

那一天他脱下自己的孝服，赤着上身露出虬结肌肉和遍布伤疤的脊背，于人群中拿起了他的佩剑。

剑与他同名，亦同命，陪他守过北平，征过幽燕。人们都说将军的剑，当世无双，能飞掷入云，如电下射。

此时此刻，他却拔出他那柄千钧的剑，只为了用这一身剑技，换求同样是当世无双的画师为他棺木中永眠的母亲画一幅画。按说，守丧期间不宜妄动刀兵，更何况将军的剑是大凶之兵，真的见过血。但是将军想，此行他必然不惜一切，求得画师的作品超度母亲亡灵。只因他长年征战，而母亲在世的时候，实在是孤单太久……太久了……

将军站在闹市中，当他舞起这柄剑，身却如临八荒，白云崔巍，手中剑左右交光，透室而入，如猛虎，如奔雷，看热闹的凡夫俗子都被这神威赫赫惊得心中惶恐，不由得浑身战栗，却步躲闪。真是，见说云中擒黠虏，始知天上有将军！

而在那人群中，他在交光之间，偏偏就看到了那个少年站在最靠近他的地方，穿着一身华贵的白袍，似是个富家子弟，却是不偏不倚，目光灿然，比他那一道剑光更为明亮，足以照彻汗青。

将军舞罢，收剑入鞘，与此同时画师也在壁上挥毫，姿态狷狂宛如鬼神附体。

画师是个有胆色的人，白衣少年也曾看他为了画惊涛骇浪，而独自坐在一叶小舟，在澎湃潮水之间颠簸，只有船工们在岸上死死抓着缆绳才没让他葬身水底。所以，画师想看将军的剑，就像他想在风浪中迎面那力量和生死。其实，他能懂将军。

画师收了笔，看着自己刚完成的画作，他问将军："这是我从你剑中感觉到的，是为你做的画，也是为令慈所做的，你从里面看到了什么？"

将军凝视良久，那看上去是一幅江山图卷，大气磅礴，巍峨壮美，然而他一介武夫，却实在不明白这与他为亡母超度的所求有什么相关。在他脑中，他得到的也许应该是一幅仙女图，引着母亲的魂魄上天去。

此时，却听到一个稍显稚嫩的声音道："是天上！"

是的，是天上！将军听了白衣少年的话，恍然大悟，这正像是有人正临空俯瞰这大好河山，寻不见那群山之间渺不可及的一个爱子，却能看到将军这一剑霜寒的十四州。

便是如此，画师拱手说："愿将军节哀，愿将军神武。"

而白衣少年走到将军面前，皎皎如月，他说：“我从碎叶城而来，只为跟你学剑！”

二

将军曾问过他，为何要学剑，是为了建功立业，强身健体，抑或是行侠仗义？然后将军想到，少年来自碎叶城，那里是边陲之城，是罪犯流放之地，也是与突厥冲突的前线。这样一个茹毛饮血的荒蛮危险的边城，究竟是如何生出了一个这样的翩翩少年？或者，他只是耳濡目染，羡慕旁人能够杀人如麻，逞勇斗狠？

你，为何要学剑？

白衣少年回答他，自由。

他想仗剑千里，想像将军那样，凭着那一剑霜寒，青天可倚，白云可决。他知道，其实将军箭剑双绝，他的射术甚至还在剑术之上，将军也愿意传授给他，可是，他并不想要。

他说，我唯独这样喜欢你的剑，那是天上之剑。

少年习剑，少年好酒。

将军亦好酒，醉卧沙场君莫笑，古来征战几人回。即便他总是能回来，他亦爱酗酒，醉后蒙眬，便仿佛那些走了的兄弟还在身边。

所以，他喝了酒之后很静，像是怕惊了亡魂。

而少年醉后很疯，口中各路大小仙家，穿着赤霜袍的上元夫人，南岳上真司命魏夫人……好像是忽然想起里自己当神仙时的事情，这些都是他的比邻仙友。

将军是天上的将军，而白衣少年袖里有匕首，怀中茂陵书，像个自谪而下，在红尘中呼啸的仙。

三

那一天，少年向将军拜别，他就要去安陆了。

将军没有说什么话，挥手扔出一柄剑，少年劈手接住，纹丝不动：“来，一战。”

没有人看到过这对师徒的那一战。只在一些断语残章中，可窥见零星。有位侠女曾见过将军剑，之后她以女子之手舞于众人，仍令人心折神往。

观者如山色沮丧，天地为之久低昂……

那一战，少年还是败了。

将军说：“已是不错，莫要沮丧。”

少年却率直地笑道：“哪儿会沮丧，师父你是天下第一的剑，那我便是天下第二。”

将军亦笑：“其实我也已经没什么可教你，剩下的不过是一些临敌经验，沙场上冲杀出来的，你学不会。”

少年不服气地说：“我也杀过人！”

将军失笑，想他这么明月清风的一个少年，怎么会杀人：“走了之后，莫要懈怠，可惜了这身资质。”

少年拜别了教他剑技的师父：“我就在碧山，师父若是路过，请千万来探探我。我给你备最好的酒。”

将军笑而与他揖别，人生倥偬，只如白驹过隙。从此一别，他们再未相见。

少年在碧山之中隐居十年，还养了一条狗，整日跟来跟去。山中有个白兆寺，山顶有棵银杏树，山涧汇成潭水，里面长着一株青莲。桃花流水窅然去，别有天地非人间。

就这样，少年实际上已经长成了青年。

他人虽未出，诗词却传唱出去，天下名动。之后的事情，很多人都知道了，就如同他的名字一样无人不晓。

他的传说中，有所有当世最杰出的文人骚客，有位高权重的忠奸权臣，有倾慕他又倾了江山的美人和君王，没有人能活成他这样，一个也没有，哪怕是能活在他活着的年代里亲眼看看他，都觉得幸运。就像有句话说的，他无论走出多远，仿佛永是少年。

四

公主第一次见到少年的时候，是在岷山之中。

公主的身边并不罕见惊才绝艳的年轻人，自有“妙年洁白，风姿郁美”的锦绣少年，愿意怀抱琵琶为她低吟浅唱。

少年并不是特意来见她的，他有一位很好的道士朋友在岷山，说是上清道士，其实生冷不忌，很对他的胃口。

然后他就看到了与道观一墙之隔的公主，虽然她贵为公主，此时却洗尽铅华，只做山中女冠。

曾有人说，少年一生不事权贵，从未给一个达官贵人写下只字片语献媚。唯有一首传世之作，献给了贵妃，只因摄于她的倾城之姿。

其实这话不对，少年写过。

“玉真之仙人，时往太华峰。清晨鸣天鼓，飙欻腾双龙。弄电不辍手，行云本无踪。几时入少室，王母应相逢。”

旁人只以为这是写一位仙人，就像他总是在醉后飞扬出尘，相熟相喝的众多仙友之一。

公主知道了他的诗，她一身道袍，仍是高昂着美丽的头颅，对少年说："我很喜欢，我可以推荐你入朝为官。"

少年说："我无所谓。"

公主说："我是公主，你取悦我，难道不是为了这个么？"

少年更骄傲地说："我所做的所有，从来只是为了我自己。"

公主负气："你可真是大胆！"

少年说："我什么都不怕，我曾经杀人闹市里！杀了数人！"

公主都被气笑了。

公主自有大唐女子独有的豪迈和矜贵，她要做的事情，也不以旁人为意。公主依然推他入翰林，少年的才华本也绰绰有余。公主邀他入自己的别馆，少年也从善如流。公主又邀了那位为她弹琵琶的少年来，那位少年也极富才名，多有诗作传世。

白衣少年坐在馆内，他说："清秋何以慰，白酒盈吾杯。"

一生嗜酒的少年，尝到了不一样的滋味。他离开之后，想着此生此世应是再不会饮到这么苦的酒了。

很多后世人都很好奇，他与那弹琵琶的少年本是两位不可多得的才俊，本应惺惺相惜，怎会终其一生从未与之有过任何诗作互答，实在是令人费解。

宝应元年，玉真公主病逝于晚年修炼的敬亭山。

敬亭山下当涂县，少年已经在此流连了一段时间，他的身体也不再强健。是夜，远山之间，缠绵着如白幡一般的烟霞，山鸟如同被什么惊起，振翅而起，哀鸣不绝。

他便明白了。

少年写下了一首尤为含蓄的诗：

“众鸟高飞尽，孤云独去闲。相看两不厌，只有敬亭山。”

水中月轮皎皎晃晃。

少年悠游红尘一甲子，狂醉过、杀戮过、恋慕过，入过仕、出过世，有诗、有酒、有友……他一人便是半个盛唐的荣华和繁华，惊风雨，泣鬼神。

之前千千万万人，之后又是万万千千人，却再也没有人，能如他这般……

甚至有传说，最后，他的身影便化在了那轮明月里。

五

开元盛世，是一段神奇的时光。

艳绝古今的人们，仿佛所有的繁星突然一齐闪耀，又仿佛从天上落下了很多神仙，他们约好了一起落在人世里，才化为各个不凡之人。

对后人而言，追看着他们绝去后的尘烟，也是一片堂皇气象。

曾经有一位桃花里的诗人，隔着七百年的岁月追问着，现在我像你一样对着明月，醉于诗酒，我也不登天子船，我也不上长安眠。可是，你和明月，又怎么能知道我呢？

有一位今人作者，也写过一个奇妙的故事，说的是一个人类无法想象的高等空间文明，他们无所不能。然后他遇到了一个仅存的地球人，他向地球人展示自己何止是通天彻地，信手一挥便可将整个地球压成一块二次元的薄片。地球人说，你能毁灭，但你不可能超越那个人的诗。

他屡屡尝试，屡屡失败，最终他孤注一掷将一整个星系都分解成量子作为储存介质，排列出所有汉字的所有格律，无论通顺与否又是否有意义，那几亿兆首诗在宇宙中永远飘浮着——那是全世界上所有可能的诗，那是一团诗做的云。

“能超越李白的诗就在里面，只是，我们永远也找不到。”

←

李白 VIP8

生　于：　公　元 701 年

代表作：《静夜思》《蜀道难》

主页　　**文章**

影响力　　查看》

状　态　　**仰天大笑出门去，**
我辈岂是蓬蒿人。　　昨天 02:56　　更多》

1
关　注

999999
粉　丝

1000
微　博

唐玄宗：太白兄，有时间来皇宫里玩吗？

李白 回复 唐玄宗：在路上了。

高力士：@唐玄宗，陛下……

李白 回复 高力士：呵，你想干吗？有种说出来。

杜甫：三夜频梦君，情亲见君意。

李白 回复 杜甫：我来了，子美。

唐玄宗：啥？

昨天 03:11

蒙面大咖NO. 19

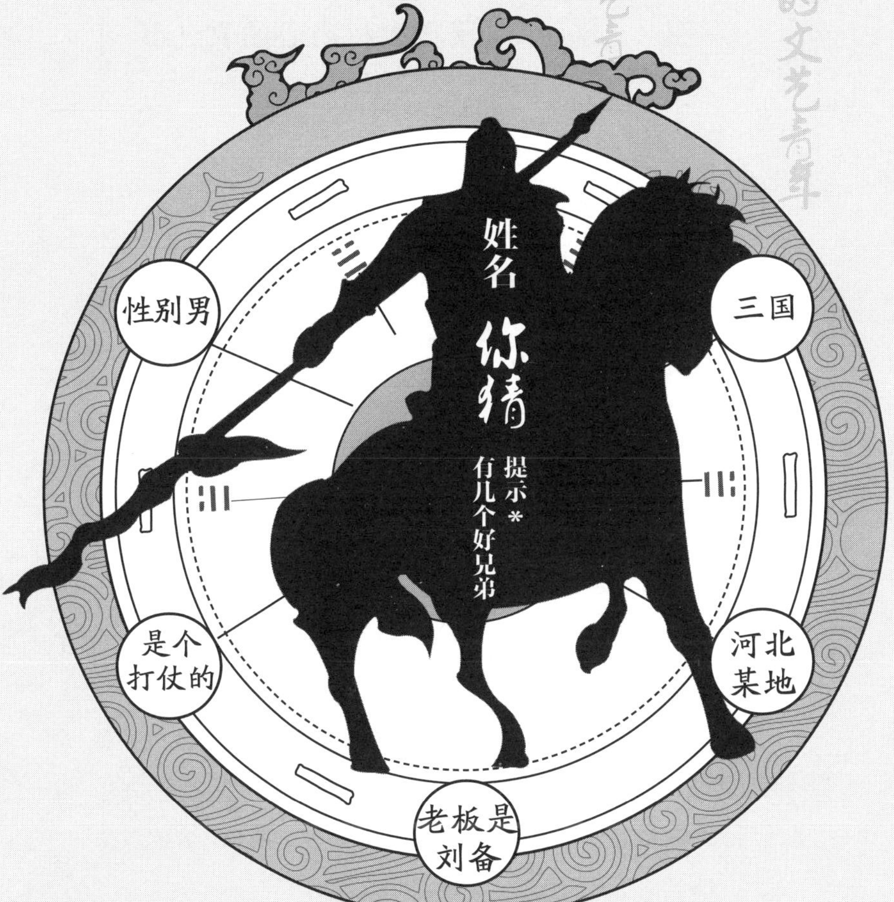

威风凛凛的将领

第七章

藏在大将内心的文艺梦

◎ 文 / 清夜月

将军原来不是将军，他是个杀猪的，起码后来的人觉得，他是个杀猪的。

将军身长八尺，豹头环眼，燕颔虎须，势若奔马，声若巨雷。

这样的将军应该是个狂野的汉子，能徒手卸人腿，空砍断人头，但他有个十分文雅的爱好。

他很喜欢画画。

他画的美人贼漂亮，衣带若风神情妩媚，挂在墙上，就跟仙女要从天上走下来似的。将军还会书法，写得一手好草书，他写完字叼着笔自我欣赏的时候，你绝对没办法想象他就是那个万人之敌，刚从战场上下来，一身血气冲刁斗的汉子。

将军有两个好兄弟，过命的那种。

他这种人就像狼狗，不认一个人的时候冲着他龇牙咧嘴狺狺低哮，恨不能揪住一块肉咬下来；认一个人的时候，就摇着尾巴护在旁边，有谁想动这个人，就得先要他的命。

将军觉得他遇到这两个兄弟实在很幸运，所以就算为了他们要抛弃自己原本还算安稳富裕的生活上阵杀敌，也没什么所谓。他觉得人活一辈子就是为了开心，他在家写字画画的时候挺开心，和兄弟们在一块，也开心。

仗打得多了，字也就写得少了。

画画的画风虽然没变，但是人的画风变了。

毕竟做个万人之敌和做个乡绅豪杰，要追求的和要负担的都不太一样。

但将军就是将军，什么画风都应对自如，他曾经只带着二十几个人阻拦兄弟身后的追兵，勇猛无匹竟无一敌敢战，他曾经苦攻孤城终生擒守将，明明恨不得活吞了那个让他费了不少劲折损了不少人的老匹夫，却还是因为对方忠义可嘉放了他。

那老头真的是要把他气死了，明明知道他气势汹汹而来，就是想打场痛快的仗，却还是沟掘深墙砌固城池，任他在城外喝骂，就是坚守不出。他骂烦了，想给两边都留个台阶，派了个士兵去跟那老匹夫商量，不然你投降，我们相安无事，你放我过去和我家兄弟汇合，我们就当无事发生过。

结果那老匹夫把来使痛骂一顿，还割了他的耳朵鼻子，放他回去报信。

将军哪里忍得下这口气。

来硬的不行，咱就来巧的。

他故意让对方的探子听到自己要走小路袭城，对方闻报，果然中计，反而入了他的埋伏，被他生擒。

他一口气憋着出不来，真恨不得把那老家伙给乱刀砍死。

但是这老家伙，明明被绳索捆住，刀斧加身，却梗着个脖子要和他不死不休，好硬气。

他向来佩服这种人，非但没杀他，还礼遇有加，奉为上宾，从老匹夫变成老将军。

老将军也不是不知情识趣的人，那个时候啊，士为知己者死，将为忠信者存。

于是他大哥的麾下，就又多了一员老当益壮的老将。他想除了老将军，大哥那儿还有个老家伙，这下这两个人都不寂寞，应该挺有共同语言的，同一时代的人嘛。

所以有时候，我们将军心还是挺细的。

他也能抓着知心的兄弟一块儿喝酒看月亮，从诗词歌赋谈到人生哲学。他总哈哈笑着说自己是个粗人只懂来硬的，但他领兵亦有其法，千里奔袭，出其不意。总跟他大哥作对的那个老白脸的麾下大将，说是机智有谋千军难敌，不是照样被他按在瓦口关的山道里，揍得吱哇乱叫吗？

揍完了还不够，他还在山石上用很豪情万丈的方式把他胖揍了人家一顿这件事给记下来了，哇，将军的书法是真的好，立马为铭，刀凿斧刻，气势雄浑。

哦，对了，将军还是个治军的好手。

他从他大哥手底下还只有小猫两三只的时候就跟着他打天下，标准的从底层爬到高层的管理人员。他御下极严，军纪肃明，但是军中也有人说他残酷暴烈，他听了却不放在耳朵里，兵嘛，听话，能打仗就行。

要说将军有什么不擅长的，他实在不擅长政治场的弯弯绕，他觉得，有什么不服的，把人家打服就得了，为此还曾经颇看不过眼他哥礼贤下士请来的那一位军师好长一段时间，但是后来发现人家是真心实意帮他们，而且也确实有点真材实料，就还是接纳了他。

他觉得他就适合打仗，等到没仗打了，就回家写字画画，跟兄弟喝酒。

他还想再去真多山看看，之前他还写游记夸过那里嘛。

王方平采药此山，重子歌玉泸山涧。

雪，住宿方行。

而且讲真，将军不是不懂浪漫，虽然他浪漫的方式有些简单粗暴，喜欢你呀，喜欢你就把你带回家。

他的妻子和他遇见的时候才十四岁，将军在她出城捡柴火的时候对她一见钟情，他给她画了张画，是他最拿手的美人图，又诚心诚意地去拜访她的家人，虽然年纪大了点长得凶了点，但是人家觉得，这人能对闺女好，又是个潜力股，所以虽然两家其实不太对付，但还是把闺女嫁给了他。

他是真喜欢她。

他和她生了个女儿，给了他大哥的儿子做媳妇，这可真是通家结交，世代为好，将军觉得，自己真的是人生赢家。

他觉得一辈子就这样过下去也不错，出外为兄弟开疆辟土征战沙场，回家了有娇妻美儿，欢声膝下。

他的哥哥们也渐渐事业有成，虽然一时之间要天下一统好像还不太可能，但是起码大家每年虚伪一两次，打仗一两次，剩下的时间就能安安分分过日子，还是可以的。

将军很快乐，快乐得想再给媳妇画几张美人图。

他可真的不是只会打仗的哦。

但是乱世里的快乐，真的不能持久。

出事了。

那年秋风瑟瑟，他意气风发、性格桀骜的二哥和人结怨，刀兵又起，刚开始的时候他没在意，心想不就是江东的小鸡崽子，我哥一只手就能把他们按死，单刀赴会了解一下，千里走单骑了解一下？

但是了解着了解着，他的二哥，就没有了。

头枕洛阳，身卧当阳，魂归故里。

听起来慷慨激昂，但其实，连个全尸都没有。

他心想，我二哥不是天下最厉害的武将吗，怎么说没有就没有了呢？

看着他痛哭流涕的大哥，他甚至发现，可能他们都老了，虽然仍旧桀骜不驯，但他们早不再是当年结拜时的模样。

他为这个发现感到惊恐，像是避世人被毁了桃源，他提矛点兵要去为二哥报仇，却被他大哥拼命拦住，两个人抱头痛哭。

三去其一，士失其朋。

他最终没去为二哥报仇，但是他的脾气，却越来越不好了。

他知道二哥是因为帐下谋士叛离才身死魂殒，于是更加凶恶地对待他的军士，动辄打骂，鞭刑上百，仿佛这样就能替他二哥报仇似的，仿佛这样就能让他自己安心。

一夜间老了许多的大哥劝他，你要么就对他们好一点，要么严刑重罚之后，就不要再让他们在你身边出入，怕引祸上身。

他喝了酒，一拍胸膛。

“大哥，我不怕。”

我就怕再出个什么人，把你也给害了，那我就真一个兄弟都没了。

就跟以前一样，黑脸我来唱，我得让他们知道，我活着一天，敢生二心的人，就不能痛快一天。

杀鸡给猴看，我会的，我会的。

但后来，还是出事了。

将军仍然在为他的二哥悲痛，他还是想去打仗，在刀锋的冷锐与血光的呛喉中找到他二哥曾经的影子，安抚他不屈的魂灵。他要求麾下全军三日内置办素旗白甲，挂孝出征，你看，他性格里还是有点浪漫。

但是想象很丰满，现实很骨感，那时候是乱世，物资钱粮什么的，一时都不足。

他麾下有两员末将，一个叫范强，一个叫张达，接了这差事，心想，三天内肯定干不完，就去找将军说道。

将军那时正像被踩了尾巴的猫，风吹草动就能跳起来，这两人的建议，在他耳朵里听来，像是挑战他的威严，像是阻碍他的志向，像是拦着他去为他二哥做些他仅能做的事情。

他把这两个敢不听话的末将一人打了五十鞭，同时又紧缩了期限，要求他们明日就置办完成，否则斩首示众。

这两个人本就心有不平，回到营帐中一合计，得，反正不搞将军，他们明天肯定要死，搞了将军，他们没准还有一丝可能活。

是夜，月黑风高，将军醉卧于榻。

他并没想到，他白日的举动，让他最看重的大哥，失去了最后一个兄弟，亦让他大哥怒气冲冠，挥军江左却不得胜，最终病逝于瞿塘峡江畔的一座小城。

然后又过了许多许多年。

人们称赞将军勇武忠义，节烈无双，也有人觉得，将军可能并不像传说的那样，仅仅是个莽汉。

他们发现，将军会写诗，还会画画，一手好草书，穿云裂岩。

但将军其实也没人们想象中那么好，他的本职还是行军打仗，而且写字这个事儿怎么说呢，一日不练，自己看得出来，七日不练，内行看得出来，十五日不练，就连外行都看得出来了。

而人的本能，就是发现了一个之前没人发现的点，就恨不得再找到更多证据来例证自己的火眼金睛。

于是众人议论纷纷，这个是将军作的，那个是将军画的，这个看起来是将军写的，那个看起来是将军刻的。

到后来，可能连将军自己都闹不清，哪些真的是自己写的，哪些是他后世的那些小白脸伪作的了。

但其实那又有什么关系呢，他就是他，别人怎么看，都不妨碍他是个什么样的人。

将军豪杰一生，任性而来，纵情而去。

性格上莽撞，骨子里浪漫。

他喉咙饮过桃园的醇酒，脸庞溅过名将的鲜血，他有他的传说，有他的品格，他有两个能为了他们连命也不要的兄弟。

那一日春日晴烈，桃花灼灼。

那时候天下乱世，他们都踌躇满志，晴朗的日光照在酒杯上，映出来的光比双股剑的剑刃、比青龙偃月刀的刀锋、比丈八蛇矛的尖芒都还要锋利。

被范强、张达那两个孙子抹了脖子的时候，将军睡得很沉，可能他在梦里见到了他已去的二哥。

他二哥还是一身绿锦衣，风度翩翩，美髯飘飘，手持青龙偃月刀，坐在赤兔马上唤他三弟。

他觉得自己也年轻了，又回到了三十年前，胯下乌骓马，手提新亭侯。

“二哥！”将军哈哈大笑。

“我来啦！我们先喝两杯，等着大哥一块儿，再去打天下！”

（本文中张飞形象根据野史逸闻加工而来，其中争议目前还存疑。）

←

张飞 ♂ VIP 2

生于：神秘的一串数字

代表战役：据水断桥、大破张部

主页 **文章**

影响力 查看»

状态 **燕人张翼德在此，谁敢来决一死战！** 16:10 更多»

5 关注

345 粉丝

66 微博

张飞：@关羽，哥哥，咱们啥时候再去打仗啊？

诸葛亮 回复 张飞：冷静一下，凡事不要太冲动。

刘备 回复 张飞：就是就是，听听军师的。

关羽：哦。

张飞：哼。

17:12

蒙面大咖NO. 20

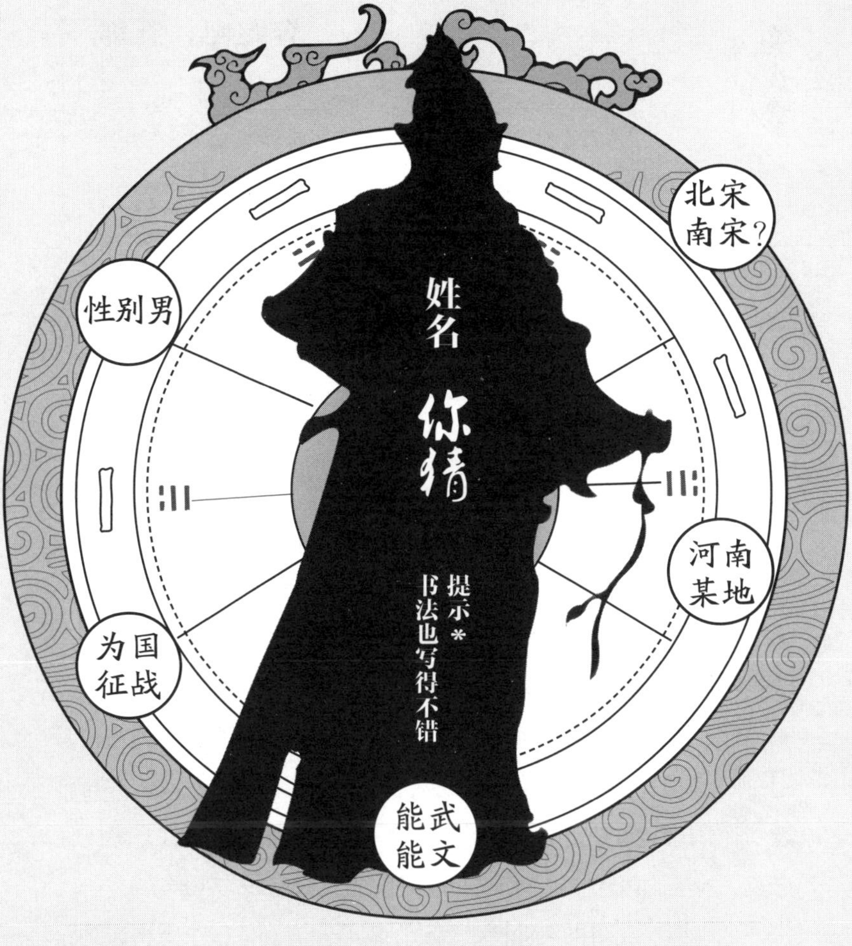

一个大英雄

第八章

奔跑吧，五郎

◎文 / 牟昊

“列位看官，上回书咱们说到，周公瑾群英会，巧诈蒋干；黄公覆施苦肉，火烧战船。杀得曹操是丢盔弃甲，落荒而逃。逃至华容道，忽听轰隆隆三声炮响，前面路口冲出五百校刀手，一字排开，让出中间一员大将，卧蚕眉丹凤眼五绺长髯，手提青龙刀，胯下赤兔马，威风凛凛煞气腾腾，正是那关羽，关云长！”

河南安阳的一个小乡村里，田地小径旁有一棵数百年的古树，树下站着一位说书先生，四周或站或坐，围了几十个观众。此时已近傍晚，远处的房屋上冒起了炊烟，天空被夕阳映得火红。老先生悠长、沙哑的声音传出老远，偶尔还伴着几只麻雀的叫声。

“好耶！孔明果然神机妙算！”观众里有个熊孩子听得起劲，乐得手舞足蹈。

“嘘，爱哭鬼，噤声！”旁边两个男孩急忙捂住他的嘴。

这时候，说书是个特别火的新兴行业，说书艺人个个都是娱乐明星。此时的这位老艺人，是从东京汴梁来乡下探亲的，没想到村里的乡亲们缠着他又是要签名，又是求他“来一段儿”，于是免费讲了几段三国故事。那时的乡下人往往大字不识一个，听得似懂非懂，也就是凑个热闹。唯有一个长相清秀、被其他孩子戏称“爱哭鬼”的男孩听得如痴如醉。最夸张的是，这孩子立场鲜明——听到曹操兵败就拍手称快，听到刘关张兄弟屡战屡败，没有存身之处，就哽咽抽泣。还真对得起他的外号。

对了，爱哭鬼的乳名叫“五郎”。

渐渐的，五郎成了资深三国迷。他挺的是蜀汉，追的偶像是关羽张飞。每天除了放牛种地，就是坐在屋子里读《左氏春秋》《三国志》之类的史书。

他的父母世代务农，家境很一般，但还是拿出仅有的一点存款给孩子买了些书，期盼着他有朝一日能考个秀才，光宗耀祖。但老两口子不知道的是，这个关羽、张飞的迷弟可没打算去考什么功名，而且他最喜欢读的书其实是“孙吴兵法”。

主角光环是个很玄的东西，有些人真的是天赋异禀。五郎“生而有神力”，十几岁就能“挽弓三百斤”（约合现在的380斤）。巧了，他们县里还有这么一位善于箭术的江湖游侠，人称周大侠，在全国的武术圈子里都称得上是“高手”。

这天，周高手开了堂公开课，乡亲们纷纷跑去瞻仰。只见高手连发三箭，全部正中靶心，引来乡亲们一片喝彩声。

高手气定神闲：“谁想来试试？”

五郎：“让我来试试吧！”

于是接过弓来，左手如托泰山，右手如抱婴儿，弓开如满月，箭走似流星，嗖嗖两箭，居然也都贯穿靶心。高手差点一口老血喷出来，乡亲们也都惊呆了。

高手非常激动："天才啊这是，我总算找到接班人了！"

于是收五郎为徒，言传身教，将射箭的诀窍倾囊相授。五郎也肯下功夫，经过长时间练习，达到了收放自如的境界，"能左右射，随发辄中"。

可惜过了没多久，高手病死了。五郎悲恸不已，每月初一和十五，就典卖自己的衣服换些酒肉，到高手坟前去吊唁哭祭。说到哭，一般人还真比不过他：清早来到坟前，先把酒肉摆上，哭一通；再拿出高手送给自己的弓，连射三箭，再哭一通；最后把酒洒在坟前，把肉埋在土里，一边往回走一边哭一路。回到家天都黑了。

五郎他爹也是个豁达之人，知道后不仅不责怪儿子糟蹋财物，反而大感欣慰："有子如此，吾无忧矣。"

此后，五郎又拜了著名枪手陈广为师，学习十八般兵器，尤其是枪法学得出神入化。从此以后，武艺"一县无敌"。

乱世出英雄，而此时正是乱世。君昏臣暗，苛捐杂税花样百出；边境不宁，而守边军队还要抢掠百姓。面对越来越困窘的生活环境，五郎决定去入伍当兵，凭借自己这一身武艺，没准还能闯出个名堂，像三国时的那些英雄一样名垂青史。他就这样揣着梦想踏上征途。这年他二十岁。

入伍没多久，就传来父亲去世的消息。五郎悲痛不已，回到家乡守孝三年，然后再次投身行伍。这时候，大事发生了。金国举全国之力南下，直逼开封。

我们的主角此时正戍守在太原府附近的平定军城；而太原府在

金兵没日没夜的围攻下，已经快顶不住了。五郎第一次发现死亡离自己这么近，但并没有任何恐惧和迷茫。上级领导一面整饬兵马，随时准备迎敌；一面派五郎带领一百多名“硬探”（以侦察敌情为目的，并配备兵器的骑兵），前往太原附近探查敌情。

无巧不成书，五郎本以为这是个低风险的差事，结果在侦查过程中突然遇到了一支金军队伍。狭路相逢，那一百多名硬探顿时有点蒙：这一波全团被灭怕是躲不过去了。

五郎却镇静得可怕。他提起长枪，呼出一口浊气，然后猛地一催战马，“单骑突入敌阵，出入数四，杀其骑将数人”。硬探们喜出望外，高喊着紧随其后杀了过去。这次轮到金兵蒙了，纷纷溃散，“敌众披靡，不敢逼”。

敌兵被杀退，天色也渐渐黑了。五郎从敌兵尸体上扒下衣服，给自己穿戴打扮一番，然后回头对硬探们一笑：“大功告成了，你们先回去吧。”

硬探：“什么？”

五郎：“咱们已经引起对方注意了，这么多人去侦查，更容易被发现。更何况你们有些人刚刚还受伤了，快回营吧。”

说罢，只身走向敌营。他迈着坚定无比的步伐，仿佛要把脚下的月光都踩进土里。

主角不愧是主角，他乘着黑夜，成功潜入敌营，凭着超乎常人的反应能力和语言天赋，一边查探营中情况，一边听着金兵聊天，还暗暗学了几句。遇到巡逻的金兵，就现学现卖，用外语跟对方聊两句。

就这样，五郎把金兵的几个营寨都逛了个遍，愣是没被发现，大摇大摆地回去找领导交差了。领导大喜，把他从一介小校提拔为一名初级武官。

太原府终究还是失守了。五郎所在的小城自然无法幸免，经过多日的拼死抵抗，最终也被金兵攻下。他与战友们在乱军中被冲散，只好单枪匹马杀出重围，回故乡看望母亲。

他一路奔走一路流泪——眼见整个中原生灵涂炭，哀鸿遍野，曾经辉煌的王朝已经在暴风雨中摇摇欲坠。

家乡的形势很糟，已经被战火波及，但好在老妈还健在。五郎跪在母亲面前放声痛哭："妈，我再也不去参军了，我要在家照顾你。"

老妈却不乐意了："没出息，说好的报效国家呢？！"

她撵着五郎回去参军，撵了好几次，"屡趣之"，五郎这才哭哭啼啼地辞别老妈，第三次奔赴战场。

倒霉的是——五郎这时候才发现——他在返乡的路上竟然把官告（也叫告身，即授官的委任状）给弄丢了。没办法，只好从基层做起，重新去当大头兵。好在他武艺出众，胆识过人，很快又崭露头角，得到新领导的重视。

历史总是惊人的相似。领导又派他率领一百名骑兵，去滑州附近侦察敌情。

此时正是数九隆冬，天降大雪，满眼的碎琼乱玉，河面已经结上厚厚的一层冰。五郎和骑兵们走在河面上，脚底下直打滑。这时，他们再次与金兵巧遇了。

五郎心里骂了一万句脏话，但脸上毫无波动，对左右说道："敌虽众，未知吾虚实。及其未定，击之可以得志。"然后单枪匹马上前迎敌。

敌军阵中，一名凶神恶煞的大将拍马舞刀，以雷霆万钧之势劈了过来；五郎也拔出宝刀相迎，“铛”的一声兵刃相接，火花四溅，竟把敌将的刀砍出个豁口，“刃入寸余”。五郎又抽回刀来，大喝一声，奋力一刀劈下敌将头颅，“扑通”一声，尸体栽下马来。头颅掉在一旁的冰面上滴溜溜乱转，好像一个巨大的陀螺。

一切发生得太快，敌军群龙无首，秩序大乱；五郎率领骑兵们奋勇追杀，斩首数千级，得马数百匹。这年他二十四岁。

新皇帝登基了。

局势并没有像五郎所期待的那样有所好转。皇上罢黜了主战派的宰相李纲，宠信汪伯彦、黄潜善等投降派，放弃抵抗，带着太监宫女一溜烟逃到扬州避难去了。

五郎愤懑不已，冒着生命危险越职上奏皇上，批评投降派，恳请皇上回心转意。结果可想而知，他被革掉官职，削除军籍，“孤孑一身，狼狈羁旅”，有家难奔，有国难投。

五郎还是不肯放弃。不就是从基层做起吗，没啥大不了的。

第四次投军，他直奔大名府，投奔正在收复河北失地的名将张所，并得到了张将军亲自接见。张所是个儒将，与五郎一番交谈后相见恨晚：“公殆非行伍中人也！”于是让五郎坐下，问他对形势的看法。这一问可不要紧，五郎又感动，又激动，顿时涕泪横流，把张所吓了一跳：这莫非是个花洒成精吗?

五郎一把鼻涕一把眼泪，说要杀敌救国，重整河山，还说出一大套军事理论和战斗方针。张所大喜：“知己呀！”大力提拔五郎。好景不长，几个月后，张所被黄潜善等奸臣迫害致死。五郎把眼泪都哭干了。

随着年龄的增长，五郎反倒越来越爱哭了。他常跟家人聊天说：“皇上他春秋鼎盛，可是到现在也没个子嗣，是不是有啥隐疾啊？皇位后继无人，这可咋整啊？呜呜呜……”越说越伤心，难过得哭出声来。下属们听到了，乐得满地打滚，都偷偷笑话他。

一次召开战前动员大会，五郎给下属讲话时，热泪盈眶地说：“我辈荷国厚恩，当以忠义报国，立功名，书竹帛，死且不朽。若降而为虏，溃而为盗，偷生苟活，身死名灭，岂计之得耶！今日之事，有死无二，辄出此门者斩！”

下属都被他感染了，有些人甚至也抽泣起来。他还是当年那个爱哭鬼，但是这次没有一个人觉得可笑。这年他二十七岁。

当年，他第三次投军时放心不下母亲，就把妻子刘氏留在家里照顾老妈和两个儿子。

在金兵的马蹄下，故乡也没能幸免。五郎多方打探，终于找到一个老乡。

老乡：“年轻的将军哟，我给你带来了一个好消息和一个坏消息，你想先听哪个呢？”

五郎：“呃……好消息。”

老乡：“我遇到你母亲了，她没事儿，让我给你带个话，‘为我语五郎，勉事圣天子，无以老媪为念也’。”

五郎喜极而泣：“太好了，呜呜呜……那坏消息呢？”

老乡：“我遇到你母亲的时候，她正带着两个孙子要饭呢。你媳妇早就扔下他们，都改嫁两次了。”

五郎：“哦……”

生气也没用了，赶紧派人接老娘吧。五郎屡次派出人去找，在兵荒马乱中找了几十次，终于将老娘和两个儿子接到了自己身边。

后来，韩世忠将军派人给五郎送信：“哥们，给你个惊喜！我军中有个小队长，我发现他老婆是你前妻，这哪行啊！你可以随时派人来接老婆了。”五郎听到消息，冷笑一声，派人给前妻送去了五百贯钱。

一代名将韩世忠也真够八卦的，又把这事跟皇上讲了。皇上也来了兴致，干脆找五郎问个清楚。五郎答道：“皇上，不是我驳你面子——这个刘氏，提起她我就来气！当年我留她在家侍奉老母，结果她嫌贫爱富，扔下婆婆和孩子，改嫁了两次。她既然这么喜欢钱，我就给她送去了五百贯钱，也算仁至义尽了。”皇上和韩世忠这才知道始末缘由。

后来，五郎又娶了个新媳妇，名叫李娃，比五郎大两岁，知书达理，善良贤惠。此后他们又生了三个儿子，五郎与李娃厮守终生，从未纳妾。

前面说过，五郎从小就是三国迷。他的理想是出将入相，禀命于天子，立不世之奇功，“使后世史册中有我，与关羽、张飞齐名”。

三十二岁，五郎“建节”（被皇帝授予某地区的最高军事指挥权），被升为节度使。这么年轻就建节，这几乎是前无古人后无来者的。

当年遥不可及的梦想，现在似乎触手可及。他的确从偶像身上学到了很多东西——关羽的勇、张飞的猛、诸葛的智、刘备的仁，仿佛都集于五郎一身。他战法骁勇，临敌巧变，对部下军纪严明，同甘共苦，对百姓秋毫无犯，不碰一根茅草。很多百姓将五郎奉若神明，竟然还凑钱为他建了生祠，将他的形象“摹刻于石，庶广其传”。就这样，他的军队日益壮大，在中原一呼百应，渐渐成为独当一面的常胜将军，金军往往听到他的名字就望风而逃。

有一次，皇上亲笔给五郎写了封信，五郎受宠若惊，展开一看，皇上写的是三国时期三个名人：曹操、诸葛亮、羊祜，他们都曾实施过屯田之策。五郎顿时明白了："皇上铁了心站在投降派那边。这是以休养生息、屯田安民为借口，暗示我停战呢！"

可把他气坏了，于是给皇上回信，大意说："曹操算个屁，他也配跟诸葛亮相提并论？微臣坚决拥护屯田之策，同时微臣也会继续抗战到底，不收复河山就无法报答皇上！"把皇上也弄得挺无语。

三十六岁那年，五郎领兵路过河南南阳，到武侯祠祭拜了偶像诸葛亮。

此时，突然雷声阵阵，下起雨来。那就在祠堂里住一宿吧。夜半更深，五郎毫无困意，索性举着蜡烛闲逛，欣赏墙上先贤们题的诗词文章，以及祠堂前石头上刻的前、后《出师表》。从六出祁山的诸葛亮，联想到数次北伐的自己，五郎鼻子就酸了，坐在大殿里哭了一宿。

次日早晨，小道士来献茶，想请他题个字，留个墨宝。于是五郎提起笔来，洋洋洒洒地抄写了一遍前后《出师表》，一边写一边涕泪横流，差点把纸给淹了。

五郎的草书造诣很不错，笔走龙蛇、铁画银钩，每一个字都化成了在疆场上驰骋的自己。这两篇草书被刻在武侯祠，留给千年后的我们瞻仰。

在征战沙场之余，五郎喜欢旅游，享受沿途的风光，顺便在景点题个字、写首诗啥的，比如"潭水寒生月，松风夜带秋""轻阴弄晴日，秀色隐空山”“云锁断崖无觅处，半山松竹撼秋风”之类的，文采不错，还挺小清新。他连自己退休养老的地方都提前选好了——江州。

他还是个“佛系”青年——别误会，这里的佛系只是字面意思。他非常推崇佛教，在江州庐山还结识了东林寺的住持慧海，并结为至交好友。五郎常常幻想着有朝一日天下太平，刀枪入库、马放南山，他后半辈子就可以待在东林寺，跟慧海成天瞎溜达、侃大山，在松柏树下打盹，在莲花池边论禅。

一想到美好的退休生活，五郎就乐得合不拢嘴，还给慧海寄了首诗：

溢浦庐山几度秋，长江万折向东流。

男儿立志扶王室，圣主专师灭虏酋。

功业要刊燕石上，归休终伴赤松游。

丁宁寄语东林老，莲社从今着力修。

中心思想就是：慧海呀，我感觉这次北伐靠谱，八成是要赢了。抓紧帮我修建个退休住所吧，我得胜还朝后，立马就申请离职退休，找你玩耍去嗷！

他是个儒将。当时正处在重文轻武的宋朝，大家对武将的普遍印象是“大老粗”，而五郎在当时的众多将领中“独以垂意文艺称”，在战场之外把自己打扮得像诸葛亮一样，又小资又有情调。

“出则戎服升首座，理军务；入则峨冠褒衣，穷经传。或雅歌投壶，持循礼法，恂恂如书生，口未尝言己功。”

他帐下招揽了很多文人做幕僚，礼贤下士，没事的时候开个“百家讲坛”，大伙坐在一起谈古论今，直至深夜，不亦乐乎。

“得附竹帛之光，以此好礼下士。食客所至常满，一时名人才士皆萃幕府，商论古今，相究诘，切直无所违忤。或语至夜分，乃寝。”

五郎平时话不多，但一说话就语出惊人。一次带兵攻打当地土匪，反贼的寨子在山巅之上，悬崖百仞，很难攻上去。五郎亲自登高瞭望，只见对面山顶走出一位头领，而且竟然是个女头领，人称廖小姑。这廖小姑挥舞双刀，英姿飒爽，向官兵喊道：“你们想破我寨子，痴心妄想，除非飞过来！”

五郎一听就乐了：“我就是岳飞！”左右下属也忍俊不禁。

五郎击鼓进兵，从山前后多处一齐向上猛攻。他的“岳家军”是出了名的勇猛，个个以一当十，廖小姑和众土匪抵挡不住，很快就失守了，被官兵活捉。

没错，五郎的大名叫作岳飞，字鹏举，南宋中兴四将之首。

后面的事情大家都知道了。他的退休养老计划最终也没能实现，在北伐胜利在望之时，高宗和秦桧一意求和，用十二道金牌强行召回了五郎。

不久，五郎被诬陷以“莫须有”的罪名，与长子岳云和部将张宪一同被杀害。举国震惊，千古奇冤。这年，五郎三十九岁。

最后附上五郎入狱前不久作的一首词《小重山》：

昨夜寒蛩不住鸣，惊回千里梦，已三更。

起来独自绕阶行，人悄悄，帘外月胧明。

白首为功名，旧山松竹老，阻归程。

欲将心事付瑶琴，知音少，弦断有谁听？

本文参考书目：

【1】脱脱、阿鲁图·《宋史》

【2】岳珂·《鄂国金佗续编》

【3】范志、谢深甫等·《宋金要》

【4】李焘·《续资治通鉴长篇》

【5】王曾瑜·《岳飞新传》

←

岳飞 VIP7

生于：公元 1103 年 3 月 24 日

代表作：《满江红·写怀》《小重山·昨夜寒蛩不住鸣》

主页 **文章**

影响力 查看》

状　态 **三十功名尘与土，八千里路云和月。莫等闲、白了少年头，空悲切！** 11:38 更多》

12 关　注

5679 粉　丝

233 微　博

金军小喽啰：妈呀，岳飞又来了，快跑啊，打不过啊！

岳飞：呵，不屑于回复。拉黑了。

岳飞：@秦桧，有本事正面来干，老是躲在后面耍阴招什么意思？

宋高宗：爱卿……

岳飞 回复 宋高宗：莫须有！

16:52

蒙面大咖NO. 21

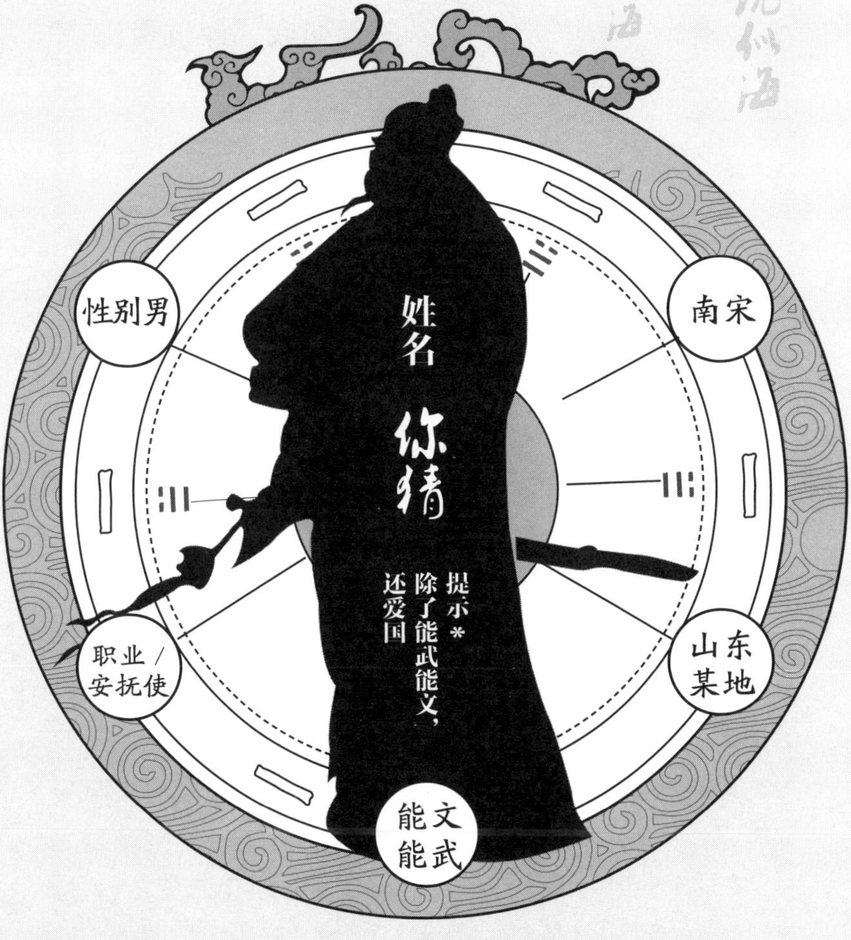

又一个大英雄

第九章

博爱如我，深沉似海

文 / 顾意

先生出生的时候，国已不国。

为了保护自己的家族，保护尚且弱小的后辈，先生的祖父只能委曲求全，转投金国殿堂。现实虽是如此磨人，但祖父对故土的赤诚之心从未改变过。

先生很小的时候，祖父总喜欢带着他登高远眺，指点河山：“夫仔啊，你要记住，这脚下的土地都是我大宋的，迟早有一天，我们会驱逐金贼，收复中原。”

从小就深受祖父心志的熏陶，我们先生自然成长为一位翩翩少年郎了。

在那样一个年代里，江湖尚且纷争不断，更何况庙堂之上，趋炎附势，尔虞我诈才是常态。所幸，先生没有随波逐流，没有因郁郁不得志而放弃自己所坚持的道义。对朋友他也一直心怀九死不悔的赤子之心。

同一个时代的朱熹与我们先生也交情匪浅。虽然二人热衷的方向并不一致，但这不影响他二人相互钦佩、反对议和、坚持作战的决心。后来朱熹身死之时，韩侂胄等奸吝小人陷害其为“逆党”，将其理学列为“伪学”，导致多数人，甚至是朱熹曾经的门客弟子，都不敢再与其有所牵扯，连凭吊故人都做不到。但先生不在乎，他依旧如常地去吊唁，还写下了悼念词：“所不朽者，垂万世名。孰谓公死，凛凛犹生！”这才是真正的至交好友啊！

官场永远都是大染缸，许多一开始抱着忧国忧民之心步入仕途的人，一旦在官场浸淫数年，也会被磨掉雄心壮志，开始得过且过，忘记初心。

然先生虽在官场浮沉数十年，却依旧不曾苟同那些暗地里的勾当，他依旧坚持自己的为政理念：亲以待民，严于律己。

在先生心里，即使有为恶的百姓，那也是源于上位者的不作为、不爱民，才导致百姓穷苦，被迫走向极端。先生的“严于律己”中，囊括着整个官场：无论何种等级下的官员都需约束自我、服务于人民。

年少的先生，因为有了祖父的谆谆教导，因为目睹了金军的暴掠无道，兴国强国的壮志早已扎根其心间了。带着这颗美好的种子，先生一路苦修兵书兵法、文韬武略，虽无“卧薪尝胆”之行，却有“卧薪尝胆”之心。一切的一切都是为了等一个出头之日，立一份丰功伟绩。而在他21岁那年，这个日子终于来了。

那年，金军妄图独占山河，举兵南侵。先生了解到起义军的兴起，再一打听义军领头，发现是自己的老乡耿大哥，当即乐了，带着自己组织起来的两千人马就直奔义军大本营。老耿见着老乡来投奔自己也是喜不自禁，再加上他可是了解先生的，这年头，人才最不可缺，于是他当即任命先生为掌书记，掌管军政、民政。

先生加入义军，也没有辜负老乡的信任。

他先是成功追捕盗取起义军印信的小义同学。谁让这个小义很没眼力见儿，不仅偷印信，还偷的是先生亲自保管的印信，这不就正打上先生的脸嘛，还妄图靠这个在金人那博个好处，不知道先生特讨厌背叛啊。这都不用谁来安排，那自然是要追回的，而且是死追到底！追到最后，生生把人家小义逼上绝路，最后还来了个手起刀落，身首异处送给他。强悍！硬气！

后来，他又趁着金人内讧、金国皇帝被杀之际，向老耿进言：“现在正是金贼混乱之际，我们应该抓住这个时间差，赶紧和临安那边取得联系，两厢合作，一举收复河山啊！”老耿也很认同先生的提议，最后干脆就把这个重任委托给了先生：“我相信你一定能完成！”确认过眼神，兄弟的任务我保证完成。

正是在完成此任务期间，曾带着先生一起起义的老耿，惨死叛徒手下，得知消息的先生瞬间暴发，他完全不顾其他人的劝告，毅然地带领五十骑兵，豁出命去直冲敌军阵营，于千万人中活捉那个叛贼，并连夜带回临安正法。在先生心中，背叛兄弟，当诛！

先生冲冠一怒为兄弟，他的英勇名动当时。

这厢，南宋领袖宋高宗也听闻了先生的事迹，才二十几岁的少年郎就这般厉害，不得了，便任命他为江阴签判。先生初上任，心里还是美滋滋的，遥想当年对祖父的承诺，觉得离兑现的日子不远了。可惜啊，先生还是太单纯了，他不明白，但凡身居高位者，心思都不会简单。就说宋高宗，在你眼前突然出现先生这么个少年将才，按一般人的理解，肯定得欣喜若狂，然后大加利用，助其巩固山河，可看他给先生安排的职务，虽说是政府官员，可说到底就是个一般文官而已，这可不是要展现他才华的举措。可见对着这么一块珍宝，宋高宗并没有多么开心，说不定还满是忌惮呢。

一次的失利并没有浇灭先生一心报国的信心，可无论先生如何力挽狂澜、进献良策，奈何当局就是如此颓态，主和一派势力始终碾压主战一派。而先生的坚定不移也终究成了主和一派的心腹大患，在接下来的几十年间，先生一直深受迫害，被迫辗转江南各地任职。纵使如此，先生依然没有放弃他的壮志。在湖南做安抚使时，他还创建了“飞虎军”，他是时刻准备着奔赴前线的；颠沛流离之时，他也会不停地给朝廷写折子，请求北伐。反正不管你们理不理我，我都要不停地骚扰你们，我为我的国甘之如饴。

公元 1182 年，先生遭弹劾被停职。他也终于感应到了当局的态度，此后，虽又陆续被召回过几次，但南宋当时的格局已经注定了主战不会长久，已是报国无望。

金戈铁马的战场征程并不是先生的全部，除开武人的杀伐，先生还多了一丝文人的柔情。先生是一位词人，还是一位全能词人。他的词，囊括了生活的全部。大到家国、民族：“想当年，金戈铁马，气吞万里如虎。”小到天伦之乐：“最喜小儿亡赖，溪头卧剥莲蓬。”

所列内容无一不有，可以说，只有先生不想写的，没有先生写不出的。

先生是一位硬汉，却也有一腔柔情。虽说先生的词作，抒发豪情壮志的还是占多数，但并不是说我们先生就写不出柔情款款。

他既能写出“醉里挑灯看剑，梦回吹角连营。八百里分麾下炙，五十弦翻塞外声，沙场秋点兵”这样展现军营的铁血生活的词句，也能写出诸如“千金纵买相如赋，脉脉此情谁诉”与“蓦然回首，那人却在灯火阑珊处”这般细腻的情感。怎样，服气了吧？这样能刚能柔的儿郎，我也想要！

先生严于律己，却不墨守成规。创作的规则在他这里统统不是事儿，只要能抒发情怀，体裁多变亦可轻而易举——“而今识尽愁滋味，欲说还休。欲说还休，却道天凉好个秋”，“家住江南，又过了、清明寒食。花径里、一番风雨，一番狼藉”。

不过，词作终究只是彰显文学领域的才赋，而我们先生可不会止步于此。南宋另一位有名的爱国诗人陆游曾言：“大材小用古所叹，管仲萧何实流亚。”这话说的就是我们的先生，可见先生除开文学素养，其治事理政的才能也属当世罕见。就拿他所写的《美芹十论》《九议》，立足时局，论述利弊，贡献良策以收复河山、壮大国家。无一不精辟，即使是现在，也有很高的研究价值。

晚年的先生，已是彻底失望了。他自己也应是深刻体会到了报国无门的绝望，才会发出那灵魂一问：“凭谁问，廉颇老矣，尚能饭否？”即使最后的最后，朝廷有了复用他的心，甚至已经传召让他前往临安府任职枢密都承旨，但为时晚矣，那年的先生已是六十八岁的高龄了，常年的郁郁不得志，撑到此时已是油尽灯枯了。没能等来这辈子最想达成的愿望，到临死前，先生都念念不忘“杀贼”。

先生这一生，都不曾放下初心。无论是守护家国故土还是爱重友人、百姓，甚至是醉心文学创作，都是他的初心。他的形象随着年月在衰老，但他的心一如少年般热血、飞扬，永不磨灭。

←

辛弃疾 ♂ VIP 4

生于：公元 1140 年 5 月 28 日

代表作：《水龙吟·登建康赏心亭》《永遇乐·京口北固亭怀古》《九议》

主页 **文章**

影响力 查看》

状　态 **众里寻他千百度，蓦然回首，那人却在，灯火阑珊处。** 昨天：15:30 更多》

77 关　注

2569 粉　丝

968 微　博

党怀英：@辛弃疾，醉眠秋共被，携手日同行。

辛弃疾 回复 党怀英：啊，我来了我来了。

辛弃疾：@陈亮，了却君王天下事，赢得生前身后名，可怜白发生。

陈亮 回复 辛弃疾：哎……

党怀英：画风变化有点快……

17：22

总 经 理 | 常蓦尘
总 编 辑 | 熊 嵩
执行总编 | 罗晓琴
执行策划 | 汤诗蕊
装帧设计 | 吴穆奕 徐 蓉
设计总监 | 李 婕
产品经理 | 郭 昕
运营总监 | 蒋 雷
流程校对 | 郝临风 汤诗蕊 郭 昕
宣传营销 | 蒋 惊

总出品 漫娱图书

图书在版编目（CIP）数据

历史大咖秀／古人很潮 著
—武汉：长江出版社，2019.4
ISBN 978-7-5492-6433-9
Ⅰ．①历… Ⅱ．①古… Ⅲ．①历史故事－作品集－中国－当代 Ⅳ．①I247.81
中国版本图书馆 CIP 数据核字（2019）第 073928 号

历史大咖秀 / 古人很潮 编著

出　　版	长江出版社 （武汉市解放大道1863号　邮政编码：430010）		
市场发行	长江出版社发行部		
网　　址	http://www.cjpress.com.cn		
责任编辑	冯　曼	开　　本	880mm×1230mm　1／32
装帧设计	吴穆奕　徐　蓉	印　　张	7.5
印　　刷	湖北新华印务有限公司	字　　数	180千字
版　　次	2019年4月第1版	书　　号	ISBN 978-7-5492-6433-9
印　　次	2019年5月第1次印刷	定　　价	35.00元

电话：027-82926557（总编室）　027-82926806（市场营销部）